身売り花嫁
～嵐の貴公子に囚われて～

Juri Arisaka
有坂樹里

Honey Novel

Illustration

緒笠原くえん

CONTENTS

第一章　嵐の中の出逢い

大粒の雨が馬車の窓を激しく叩く。

強い風が木々を揺らして、今にも倒れてきそうだ。

昨日から降り続く雨が勢いを増し、嵐となった。

どこかで嵐をやり過ごそうと窓の外を窺《うかが》っても、打ち付ける雨でなにも見えない。そんな中で、馬を操る御者《ぎょしゃ》が一軒の邸宅を見つけたのは奇跡に近かった。

嵐で開いてしまったらしい門扉《もんぴ》をくぐり、失礼を承知の上で馬車を建物に横づける。

馬車のドアを開けた御者に促《うなが》され、シャーロット・ハミルトンはステップを降りる。途端《とたん》に激しい風雨が吹き付けた。

「きゃっ……」

ドレスをはためかせ、雨避けにかぶったフードを一瞬で吹き飛ばす。シャーロットのやわらかい薄茶色の髪が濡れて色を濃くした。

そこへ玄関ドアが開き、身なりのよい執事と思《おぼ》しき初老の男が現れる。

今にも身体《からだ》がもっていかれそうな風雨の中、シャーロットは初老の男へ向けて突然の訪問を詫《わ》びた。

「グラハム地方のハミルトン伯爵の娘で、シャーロット・ハミルトンと申します」

嵐で立ち往生していることを告げ、しばらく滞在を許してもらえないかと請う。

「主に訊《き》いてまいりましょう」

シャーロットの願いに、初老の男は形式通りの言葉を寄越すとドアの向こうへと消えた。

ジョージアン様式の邸宅は大きく庭も広そうだ。厩舎《きゅうしゃ》や納屋で構わないから、嵐がやむまで休ませてほしい。

許可を待つ間にも嵐は激しくなる一方で、治まる気配を見せない。この分では、実家の方も嵐に見舞われていることだろう。

（みんなは大丈夫かしら……）

昨日の朝、別れを告げた家族や使用人たちの悲しげな表情が脳裏をよぎった。

ハミルトン家は、その昔は栄華を誇った家柄だ。だが戦《いくさ》や改革などの影響を受け、凋落《ちょうらく》の一途《いっと》を辿《たど》った。

いまでは領地や邸宅を維持するのがやっとだ。

このまま広大な土地を寝かせておくだけでは、近い将来にも家財を手放さなければならなくなる。そう考えた父が一念発起し、穀物の生産に乗り出そうと決めたのは二年と半年前のことだ。

もともと土壌はよいらしく、牧草や野生の花や果物はよく育つ。ハミルトン家に残された記録によると、はるか昔は穀物も育てていたらしい。体制さえ整えば事業として成り立つと、父をはじめとする家の者たちは期待を寄せた。

領民や専門家の助言を受けつつ体制を整えていき、領地内だけでなく地方からも人手を雇って開拓をはじめた。

はじめは上手くいっていたのだが、一年目は残念ながら穀物は育たなかった。翌年こそはと、めげずに頑張ってみたものの二年目も不作に終わった。

私財を賭けて挑んだ事業だ。もともと豊かとは言い難い内情がさらに苦しくなり、ドレスを仕立てるのも躊躇《ためら》ってしまうほどになった。そのためにシャーロットは十七歳になったいまに至るまで、社交界デビューを見送ってきた。

それでも優しい家族と、助け合う人々に囲まれて幸せだった。少なくとも執事が姿を消すまでは……。

『借金を作って逃げた……のですか？』

財務管理を任せていた執事が、ある日ハミルトン家に残った家宝と資産を持って逃げてしまった。

しかも農地の開拓に懸けた金額が、予想以上に莫大《ばくだい》であったことを、取り立てにやってきた商人から聞いて父は初めて知ったのだ。

人手を雇うのも、彼らの生活の場を提供するために使った資材や人件費も、穀物の苗や備品など、すべてが不当な金額だった。

祖父の代から代々執事として仕えてくれていたので、父は全面的に信頼していた。裏切られるなど思ってもみなかったから、いなくなって初めて真実を知ったくらいだ。

執事がなぜ裏切ったのか、理由は本人が消息を絶ったので聞けない。だが慎《つつ》ましい生活を送るのも困窮するほど、ハミルトン家が追い詰められたのは事実だ。

たとえ執事が行ったこととはいえ、責任は当主である父にある。なんとかお金を工面しようと奔走《ほんそう》したが、簡単に払える額ではない。

困り果てていたところへ、商人からとある貴族を紹介された。

相手は王都に本邸を置く男爵で、資産はあるが、強欲としても名高い男だ。

そんな男爵が、借金の肩代わりを申し出てきた。裏があると考えるのは当然だろう。

案の定、代償としてシャーロットとの結婚を要求してきた。彼には、処女を甚振《いたぶ》って楽しむ趣味があった。

男爵の噂《うわさ》を知っていた両親がすぐに断ったものの、借金を返済できる当てもない。

それでも両親は毎日のように、知人のもとを訪ねて借金を申し入れたり、宝飾品を売ったりした。だがどこも大金は貸してくれない。

家族や使用人を守るため、奔走する両親をシャーロットはずっと見ていた。

『わたしなら大丈夫よ』

男爵のもとへ嫁ぐことを、両親はひどく嘆いて止めてきた。しかしシャーロットが力を貸せるのは、嫁ぐ道しかなかったのだ。

「こんなところで足止めなんて、ついてねぇ。旦那様に叱《しか》られちまう」

ここまで馬車を操ってきた御者が、ネズミのような顔をしかめて愚痴をこぼす。

男爵家から遣わされた迎えは、御者がひとりだけだ。御者といっても洗練された雰囲気はない。

そのような人物を寄越すところから、シャーロットに対する男爵の扱いが知れた。

「あと一日も走れば王都に着くってのによ」

フォースランド王国を統治する王族が、宮殿を構える王都には、国のあらゆる特産品が集まる。

フォースランドは農作物や畜産物をはじめ、技術を生かした磁器や織物などが有名な上に、鉱石も多く取れた。そのため流通が盛んに行われるので、王都には他国からも大勢の人が訪れる。

父の仕事の都合で、シャーロットも春から夏の間は王都で過ごす。毎年王都へ行っていたけれど、街中を歩いたことはほとんどない。それでも窓の外から眺める街並みや人々を見るのが楽しかった。

（せっかく王都に行くのに、嬉しくないなんて……）

こんな形で嫁ぐための旅でなければ、嵐の中でも心を弾ませていただろう。いっそ嵐がやまなければいいのに……と、願ってしまうほど気が重かった。

溜息が落ちそうになるシャーロットのもとへ、初老の男が戻ってきた。

「主の許可をいただいてまいりました、お入りください」

初老の男は快《こころよ》く、シャーロットを邸《やしき》へ招き入れてくれる。

背後でドアが閉まると、嵐の音がぴたりとやむ。シャーロットがホッと胸を撫《な》で下ろしたとき、第三者の声がした。

「大変だったたな」

声の方へ目を向ければ、青年がひとり、玄関と広間の境で佇《たたず》んでいた。

クラバットが首元を飾る白いシャツに、細身の黒いトラウザーズという軽装だが、その姿には洗練された気品が漂《ただよ》う。

長い手足に背筋をすっと伸ばした立ち姿が、とても美しい。

（彼が……ここのご主人？）

シャーロットと歳の差を感じさせないのに、堂々とした佇まいは威厳すら感じさせた。

シャーロットが紫色の瞳で見つめていると、青年が優雅な足取りで近寄ってくる。

正面までやってきた彼は背が高く、彼女は自然と顔を上げる形となった。

くせのないブロンドの髪、意思の強さを思わせる切れ上がった眉、緑色の瞳はまるで宝石を埋めこんだように煌《きら》めく。

すっきりと通った鼻筋と、引き結ばれた形のよい唇は、繊細な印象を与える。

まるで絵画から抜け出てきたような美丈夫が、シャーロットを見つめた。

「グラハム地方のハミルトンとは、アルバート・ハミルトン伯爵のことか？」

「は……はいっ」

不躾《ぶしつけ》に見入っていたことに気づき、慌《あわ》てて返事をする。

「父をご存知なのですか？」

「ああ、知っている」

彼の返事は、交流がある様子でもあれば名前を知っているだけ、ともとれる曖昧《あいまい》なものだった。

グラハム地方からここまで馬車で一日ほどの距離だ。歴史のある伯爵家の名前を知っていてもおかしくはないだろう。それでも父の名前を知っていると言ってくれた青年に、シャーロットは親しみを覚えた。

「このようなときに、父を知っている方と出逢えるなんて……心強いです」

シャーロットの頬が薔薇《ばら》色に染まる。

青年が眩《まぶ》しいものでも見るみたいに目を細めた。

「あなたのような人が社交界にいたとは……なぜ気づかなかったのだろう」

「え………いえ……わたしは………」

伯爵令嬢として社交界デビューしているのが、当然と思ったのだろう。シャーロットはそれまでの喜色を一変させ、戸惑い気味に眉根を寄せた。

「わたし……社交界には……」

「どういうことだ？」

曖昧な返事に青年が訝《いぶか》る。シャーロットは迷いながらも正直に告げた。

「行ったことが……ないのです……」

自身の恥ずかしさよりも、娘を社交界デビューさせられなかった両親を蔑《さげす》まれるのではないかと心配だ。

だがシャーロットの心配とは真逆に、青年は眦《まなじり》をやわらかく下げてくれる。

「大事にされているのだな」

「あ………ありがとう……ございます」

まさか褒《ほ》められるとは思っていなかった。驚きと共に、シャーロットの心臓が大きく跳ね上がった。

「あなたの名前は？」

「シャーロット・ハミルトン……です」

胸の奥に灯《とも》るほのかな熱を感じつつ答えると、青年も名前を返してくれた。

「俺は、ウィリアム・クロムウェルだ」

「クロムウェル……様？」

彼のファミリーネームを聞いてシャーロットは首を傾げた。

クロムウェル家と言えば王妃の生家と同じだ。

（ご親戚かしら……？）

「ウィリアムと呼んでくれ」

「ウィリアム……様」

彼の名前を呟《つぶや》くと、ウィリアムが嬉しそうに微笑《ほほえ》む。

「俺も、シャーロットと呼ばせてもらおう」

「はい……ウィリアム様」

彼に名前を呼ばれるだけで、胸がどきどきとする。頬がほんのりと熱くなって、ウィリアムを取り巻く世界が少し眩しく感じられた。

（わたし……どうしてしまったのかしら……）

まるで魔法にかかったように、ウィリアムから目を離せない。彼もまた蕩《とろ》けそうな緑色の瞳でシャーロットを見つめてきた。

時が止まったみたいに動けなくなっているところへ、ふいにウィリアムの後方から声がかかる。

「ウィリアム様、場所を移してはいかがでしょう」

「スコット……」

いつの間に控えていたのか、スコットという男がウィリアムを諭す。

「このままでは、お嬢様が風邪を召されます」

スコットの言葉に、ウィリアムが頷《うなず》いた。

「そうだな、すぐに部屋を用意させよう」

ウィリアムからの視線を受けたスコットが、心得た様子で初老の男へ指示を出す。初老の男がメイドへ指示を伝えるのを見て、シャーロットは躊躇いがちに願い出た。

「あの……よければ、御者と馬にも休める場所を、与えていただけないでしょうか？」

馬と共に雨の中で待つ御者は、邸の主の許しがなければ、軒下《のきした》で休むことさえできない。

この嵐の中でいつまでも待たせるのは、あまりに気の毒だ。

するとウィリアムが、すぐに指示を出してくれた。

「外の者にも部屋と拭く物を、あと、馬を厩舎に入れてやれ」

「ありがとうございます！」

ウィリアムの指示を聞き、シャーロットの顔が綻《ほころ》んだ。

(世の中には、こんなにも素敵な男性がいるのね……)

滅多に外出しないシャーロットにとって、知っている異性といえば父や使用人、たまにやってくる来客くらいだ。

数えるほどしか異性と顔を合わせたことがないけれど、ウィリアムはひときわシャーロットの心を揺さぶった。

胸に温かいものが込み上げてきて、淡く疼《うず》かせる。シャーロットの中の世界が美しく輝くのを感じた。

その不思議な感覚に浸《ひた》っていると、部屋の準備ができたとメイドが告げにくる。

「シャーロット、案内しよう」

ウィリアムがシャーロットに向けて手を差し出してくる。部屋までエスコートしてくれるらしい。

生活は慎ましくとも貴族の令嬢として、シャーロットも基本的な知識は叩きこまれている。異性から手を差し出された場合の対応は心得ているし、ここで手を取らなければ、彼に恥をかかせてしまうことも理解している。

それでも経験が乏《とぼ》しいシャーロットには、気恥ずかしさが優先された。

「あの……わたし……」

白い手を彷徨《さまよ》わせていると、ウィリアム促してくれる。

「さあ、俺の手をとって」

「は……はい」

迷いながらも手を伸ばし、彼の上にそっと手を重ねる。ウィリアムがシャーロットの手をやわらかく握ってくれた。

(手袋もしていないのに、触れ合うなんて……!)

お互いに素手で触れ合っている、そのことがとても恥ずかしくて俯《うつむ》いてしまう。するとウィリアムが小さく笑う。

「あなたは、とても初心《うぶ》なのだな」

「だ、男性に触れられるのは、初めてなのです……」

まして素手など……と呟いた自身の言葉に羞恥心を覚えて、頬を紅潮させた。

シャーロットがますます顔を上げられずにいると、ふいにウィリアムが足を止める。

ハッとして顔を上げれば、緑色の甘い眼差しが見つめてきた。

「あなたの初めての相手であることを、光栄に思う」

ウィリアムが軽く腰をかがめて、手の甲へと口づけを落としてくる。

「ッ……!!」

触れられた箇所に、淡い痺《しび》れが生まれて全身を巡る。その痺れがシャーロットの心臓が高鳴らせ、身体を小さく震わせた。

「あ、あの……っ、わたし……っ」

初めて受ける行為と、初めて覚える感覚に、シャーロットは激しく戸惑う。

慌てて手を引くけれど、ウィリアムの手がきゅっと握って離してくれなかった。

「ウィリアム様……手を……っ」

真っ赤な顔で震えるシャーロットを、ウィリアムが蕩けそうな表情で眺めてくる。

どうして解放してくれないのか、戸惑いが不安に変わりはじめたところで、ようやく手が離された。

「怯《おび》えさせてしまっただろうか？」

「い……いいえ……」

シャーロットがゆるく首を振ると、彼は安堵《あんど》を滲《にじ》ませた微笑を浮かべる。

「落ち着いた頃に、使いをやろう。お茶に付き合ってくれないか？」

「は……はい」

シャーロットが頷くと、彼もまた頷く。

「では、後ほど」

彼の背中を見送るシャーロットの鼓動が、激しく音を立てていた。

シャーロットに宛がわれたのは、白とミントグリーンの色合いが可愛《かわい》らしい、ロココ様式の部屋だ。

ドアや家具を白色でまとめ、ミントグリーンの壁紙には小花が描かれている。

縦縞《たてじま》模様が入ったオレンジ色のソファの背もたれは丸みを帯び、金色の縁取りが優雅な雰囲気を漂わせている。

隣室には花や葉などの彫刻が施された天蓋《てんがい》付きのベッドがあり、モスグリーン色のカーテンが下げられていた。

「可愛いお部屋……」

シャーロットの家にはないロココの部屋が珍しくて、つい見渡してしまう。

そこへドアがノックされる。キィと小さな軋《きし》み音を立ててメイドが入ってきた。

「失礼します」

シャーロットよりも二、三歳年上に見えるメイドがふたり、恭《うやうや》しく頭を下げてくる。

「お湯をお持ちしました」

ひとりが洗面ボウルとタオルを持ち、ひとりが大きめのジャグを手にしていた。

「ありがとうございます、あとは自分でできるから大丈夫ですよ」

「主から、お手伝いするよう、仰《おお》せつかっております」

嵐の中を突然押しかけてきて滞在を許された上に、メイドの手まで借りるのは気が引ける。

「そこまでしていただいては、申し訳ありません……」

家でも使用人は雇っているけれど、最小限に抑えているため、やれることは自分でやっている。手と顔くらいならば自分でも洗えるのでそう言ったが、彼女たちは首を振った。

「いいえ、お世話させていただければ光栄です」

笑顔で手伝うと申し出てくれる、彼女たちの言葉がありがたい。

「では……お世話になります」

メイドたちにお礼を言って、促されるまま化粧台の前に腰かけた。

目の前に置かれた洗面ボウルの中にお湯が注ぎこまれる。途端に白い湯気が立ち上って鏡を曇らせた。

温かい湯に手を浸《ひた》すと、ほっと安堵の吐息が漏れ出る。シャーロット自身が思っていた以上に身体が冷えていたらしい。

そのまま軽く顔を洗えば、メイドがやわらかいタオルで水滴を拭ってくれた。

腕や首回りなどがそっと拭われ、足を優しく洗われていると、さらにふたりほどメイドがやってくる。

彼女たちの手には、サーモンピンク色のドレスが抱えられていた。

「ドレスをご用意いたしました」

ローブ・ア・ラ・フランセーズを模《も》したドレスが、ベッドの上に広げられた。

光沢を放つシルクタフタのガウンに、ざっくりと開いた襟《えり》には繊細なレースがあしらわれている。

鉤《かぎ》ホック式の前身頃は、エシャルと言われるリボンを織りこんだもので、タイトスリープの袖口は美しいレースが幾重《いくえ》にも重ねられていた。

共布のペティコートにもリボンとフリルが施された、美しくも可愛らしいドレスだ。

「あの……これは……？」

「お嬢様に着ていただきたいと、主が申しております」

「ウィリアム様が？」

綺麗《きれい》にしてもらった手でドレスに触れれば、とても滑《なめ》らかで気持ちがいい。形こそ昔のものだが、生地に古さは感じられなかった。まるで新しく誂《あつら》えられたようで、シャーロットが普段着ているドレスとは比べ物にならないほど良質なものだ。

「素敵なドレス……お借りしてもいいのかしら……」

きっと大事なものに違いない。

そう思うと躊躇ってしまうけれど、シャーロットのドレスは風雨で濡れてしまっているし、裾にも泥が跳ねていた。

汚れた格好でウィリアムの前に出ることを考えると、やけに恥ずかしい。借り物のドレスであっても、彼の前では少しでも綺麗な姿でいたい。

（どうしてこんなに、胸がどきどきするの………）

彼の気遣いに、シャーロットの胸がじわりと熱くなった。


歩くたびにさらさらと音がしそうなドレスを纏《まと》い、シャーロットはメイドに案内されて応接間を訪れた。

「シャーロット様がいらっしゃいました」

室内にはウィリアムとスコットがいる。ウィリアムと目が合っただけで、シャーロットの鼓動がどくりと音を立てた。

メイドが退室すると、シャーロットよりも先にウィリアムが口を開く。

「ドレスを着てくれたんだな」

「はい……っ」

緊張気味に返事をし、綺麗な薔薇の髪飾りが施された頭を下げる。

「嵐の中を助けてもらえただけでなく、ドレスまで貸していただいて……とても感謝しております」

お礼を言うと、ウィリアムがシャーロットのもとへ近寄ってくる。彼の足さばきは男らしく大胆なのに、とても優雅に見える。彼の所作ひとつにも目が奪われてしまう。

シャーロットが宝石のような瞳で見上げていると、ウィリアムが甘く微笑む。

「本当に……美しい」

まるで自分が褒められたみたいで、おもわず顔が熱くなってしまう。ウィリアムを前にするだけで心臓がばくばくと音を立てた。

(わたし、どうしてしまったの……)

彼と視線を合わせていられなくて顔を伏せる。その様子が気になったのだろう、ウィリアムが躊躇いがちに訊《たず》ねてきた。

「ドレスを贈ったこと、迷惑だっただろうか?」

「と、とんでもありません……!」

シャーロットは弾かれたように顔を上げて否定すると、ウィリアムは安堵の息をこぼした。

「どうしても、あなたに着てほしかった」

嵐の中を助けてもらっただけでもありがたいのに、こんなによくしてもらえて……ウィリアムには感謝してもしきれない。

「こんなに素敵なドレスを着たのは、初めてです」

「懐古主義だそうで、娘ができたら一緒に楽しもうと、母が趣味で作らせたものだ」

「お借りしても、よろしかったのですか……?」

せめて本人に一言だけでも挨拶《あいさつ》をしたい。しかしシャーロットの申し出を先回りするように、ウィリアムが口を開く。

「いま母はいないが、あなたが着ているのを見たら、とても喜ぶだろう」

「あ…………ありがとうございます……」

母親とは別に暮らしているような口ぶりだ。あまり深く訊いてはいけない気がして、シャーロットはお礼を言うだけに留《とど》めた。

「本当は、俺自身が用意させたものを贈りたかったが……」

「え？」

「生憎《あいにく》、この嵐では仕立て屋も呼べない」

「仕立て屋さん、ですか？」

シャーロットが滞在するのは嵐が過ぎるまでの短い時間だというのに、ドレスを作ると言ってくる彼に、どう返事をしたらいいのかわからない。

(冗談……よね？)

ウィリアムは冗談を言うタイプには見えないが、緊張気味のシャーロットを和《なご》ませるために気を遣ってくれたのだろう。彼は社交界に出入りしているようだし、きっと女性の扱いだって長《た》けている。

「のちほど、贈らせてもらえないだろうか？」

「ええ……いいえ……ですが……」

冗談なのか本気なのかわからなくて戸惑うくらい、甘い眼差しを向けてくるそんな彼にシャーロットは曖昧に返すことしかできない。

もし社交界へ出入りしていたなら、こんなときは洒落《しゃれ》た返事ができたのだろうか……。

世間慣れしていない自分に不甲斐《ふがい》なさを感じるシャーロットとは裏腹に、ウィリアムの眼差しはどこまでも甘い。まるで本気だと勘違いしてしまいそうだ。

魅入られるように彼を見つめ返していると、ウィリアムの手がシャーロットの頬へと伸びてくる。

まるで魔法にでもかかったみたいに、彼の指が近づくのを身じろぎもせず待った。

だが指先がシャーロットの頬に触れる寸前のところで、ウィリアムの後方から「コホン」とひとつ咳払いが聞こえてくる。

シャーロットはハッとして急いで身を引いた。

(わ、わたし……なにをしているの……!?)

婚前の身でありながら、他の男性の手を受け入れてしまいそうになっていた。本当に魔法みたいだわ……と動揺で高鳴る鼓動を必死に抑える。

慌てるシャーロットとは違い、ウィリアムは眉間をひそめて後方へと顔を向けた。

「スコット、まだいたのか」

ウィリアムが不愉快さを滲ませた調子で言うのを聞き、スコットが苦笑する。

「おりました、ずっと」

『ずっと』という部分を意味深に強調された気がして、シャーロットの中に急に羞恥心が湧いてきた。

頬を朱色に染めて狼狽《うろた》えていると、スコットがシャーロットに向き直る。

「申し遅れました、私はウィリアム様専属の従者で、スコットと申します。ご用の際は、なんなりとお申し付けください」

「シャーロット・ハミルトンです、お世話になります」

スコットの外見から判断する限りでは、ウィリアムよりも十歳は年上に見える。身なりのよさや物腰からも、従者というよりは上級貴族の子息といった方がしっくりときた。

「お茶をご用意しましたので、冷めないうちにどうぞ」

「ありがとうございます」

「では、ウィリアム様のお相手を、お願いしますね」

「え?」

そう言ってスコットは「失礼します」と丁寧に頭を下げて退室を告げる。

「え……あのっ……」

まるで挨拶だけが目的だったかのように、彼は笑顔で部屋を出て行ってしまった。

突然ウィリアムとふたりきりになってしまい、シャーロットは動揺した。

（どうしたらいいの……男の人とふたりきりなんて……）

シャーロットは父以外の男の人とふたりきりになったことがない。なにか話さなければと焦《あせ》るシャーロットをよそに、ウィリアムの手が腰へ回された。

「こちらへ」

「は……はい」

戸惑いつつもエスコートされるままソファへ腰を下ろす。ドレスのスカートがふわりと広がった。

テーブルの上にはふたり分のお茶が用意されている。

ティーセットはカメオ風の装飾が施されたコバルトブルーの陶器で統一されている。カップの中では、飴《あめ》色のお茶が湯気を立たせていた。

テーブルの中央にはイチゴやオレンジのフルーツタルトが置かれ、焼き立てのスコーンに甘い香りを放つジャムと、クロテッドクリームが添えられている。

「あなたの口に合うといいのだが」

ウィリアムがシャーロットの向かいに座り、お茶をすすめてくれる。

嵐のせいで日中でも夜と紛《まご》うほど暗いのに、彼にすすめられた紅茶は宝石を散りばめたように煌めいて見えた。

手を伸ばしてソーサーと共にカップを取る。そっと顔を近づければ若く爽《さわ》やかな香りが鼻をくすぐった。

紅茶をひと口含むと、身体中に幸せが満ちる。

「美味《おい》しい」

シャーロットの顔に自然と笑みが浮かぶのを見てから、ウィリアムも紅茶を飲む。

「あなたと一緒だと、紅茶がいつも以上に美味しく感じるな」

嬉しそうに口角を上げる彼の表情がとても優しくて、不躾にもまた見入ってしまう。

(夢を……見ているみたい………)

綺麗なドレスを着て、優しく微笑む素敵な人と、美味しいお茶を一緒に楽しむ。

まるで物語の世界にでも迷いこんだ気分だ。

この時間が少しでも長く続いてくれることを、願わずにいられない。

シャーロットは夢見心地の気分でいたが、ふいに投げかけられたウィリアムの問いかけに現実へと引き戻された。

「この嵐の中を、どこへ向かっていたんだ?」

ウィリアムが窓の外へと視線を向ける。外はあいかわらず風雨が吹き荒れていた。

先ほどまで恐ろしく感じていた嵐が、いまは少しだけ続いて欲しいと願ってしまう。

そんな自分に、シャーロットは内心で吐息をこぼした。

(わたしったら……なにを考えているの………)

ほとんどの人が嵐に困っているというのに、やまないで……などと願うのはあまりに勝手だ。

そんな自分自身に落胆を覚えつつ、シャーロットは短く答える。

「……王都へ」

王都へ着いたら男爵が待っている。それを考えるだけで、ひどく胸が苦しい。

しかしシャーロットの気持ちとは真逆に、ウィリアムの顔色は明るかった。

「ならば、俺も共に戻ろう」

「戻る……ですか？」

彼はここの主ではないの？　疑問を覚えて首を傾《かし》げると、ウィリアムが察した様子で答えてくれる。

「俺の家は王都にある。ここは別邸で息抜きに訪れただけだ」

「そうだったのですか……」

では、彼とこうして出会えたのは偶然だったのだろう。

強い風雨は被害をもたらすので歓迎できないけれど、嵐が引き起こしてくれた偶然には感謝を覚えずにいられない。

そのことをウィリアムも同じように感じているらしく、率直な思いを告げてくる。

「あなたと出逢わせてくれた嵐に、感謝しなくてはならないな」

「そうですね」

シャーロットも素直に同意し、ふたりで声を立てて笑う。

顔を綻ばせるシャーロットを、ウィリアムが愛《いと》しげに見つめてくる。

「本当に、あなたに出逢えてよかった」

胸の奥まで深く染み入るような声だった。

（なぜ……こんなにも心に響くの………）

ウィリアムに見つめられるだけで、無意識に彼を見入ってしまう。彼が微笑むだけで胸が高鳴り、頬が火照《ほて》ってしまう。

少し前に出逢ったばかりで会話すらほとんど交わしていない相手に対して、なぜこのような感情を覚えるのか不思議でならない。

鼓動の音を聞くシャーロットに、ウィリアムが呼びかけてくる。

「シャーロット」

「はい」

「あなたには、もう決まった人がいるのだろうか？」

「決まった人……ですか？」

意味を計りかねて問い返すと、ウィリアムは言い直してくれた。

「婚約者がいるのか？」

質問を理解した途端に、一度だけ顔を合わせたことがある男爵の姿が思い浮かぶ。舌舐《したな》めずりしそうな気味の悪い目つきでシャーロットを見てきた。思い出すだけで背筋がぞくりと冷える。

本心を言えば、男爵の妻になどなりたくない。シャーロットだって、できれば愛する人と結ばれたかった。

だが望んだ相手と結婚できるのなんて、わずかな人たちだけだ。とかくシャーロットのように、家名ばかり大きくて貧しい貴族の娘は、家を守るために必然的に金持ちのもとへ嫁ぐことになる。

幼い頃からそれはなんとなく理解していたので、男爵との結婚にも諦めがあった。けれどあの気味の悪い視線を拒絶する心までは誤魔化せない。

(あの方が、婚約者だなんて……)

男爵の視線を思い出して身体が震える。膝の上に置いたティーカップがかちゃかちゃと音を立てた。

「シャーロット?」

様子が変わったシャーロットを心配するようにウィリアムが名前を呼んでくる。だがシャーロットには答えを促されているように聞こえた。

「あ……あの……」

婚約者がいると、きちんと答えなくてはならない。

返事をしようとするのに、本心ではこの結婚を受け入れていないせいか言葉が出てこなかった。

なかなか答えられないでいるシャーロットに、ウィリアムの表情に懸念《けねん》が浮ぶ。

「もしかして……結婚しているのか？」

「いえ……っ」

ウィリアムの問いかけを、シャーロットは咄嗟《とっさ》に否定した。まだ男爵の妻になったわけではないのだから嘘は言っていない。あと数日の猶予だが、未婚であることに間違いはないはずだ。

けれどそれは都合のいい言い訳だ、と叱責が脳裏をよぎって胸が痛んだ。

そんなシャーロットの心も知らず、ウィリアムが安堵した様子で息をつく。

「よかった、相手はいないんだな」

その言葉には語弊《ごへい》があった。さすがに黙っていられず否定しようとしたが、ウィリアムがソファから立ち上がるのを見て声が止まる。

彼はシャーロットの傍《そば》へやってくると、おもむろに足元に片膝をついた。

「ウィリアム……様？」

不思議そうに首を傾げるシャーロットの左手をとり、ウィリアムが真摯《しんし》な瞳を向けてくる。

「シャーロット、一目見たときから、俺はあなたに恋をしてしまった」

「え……」

「どうか、俺と結婚してほしい」

「ッ――!?」

あまりにも唐突なプロポーズに、シャーロットは驚愕《きょうがく》した。

大きな目を見開いたまま動きを止めるシャーロットに対して、ウィリアムが願いを重ねてくる。

「俺の妻に、なってくれ」

吸いこまれそうなほど澄んだ緑色の瞳が、シャーロットを真剣に見上げてくる。

これも冗談なの……?

疑う気持ちはあったが、いくら社交界に慣れていても冗談でプロポーズなどしないだろう。

ウィリアムがそのような性質《たち》の悪い冗談を言う人物にも見えない。

しばらく驚きから覚めなかったシャーロットだったが、彼の告白が少しずつ現実味を帯びてくる。

(駄目………だって、わたしは………)

王都には夫となる人が待っている。男爵との結婚には多くの人の生活がかかっているのだ。

ウィリアムの求愛に頷いていいはずがない。

胸が引き絞られるように痛む。一瞬前の歓喜が嘘みたいに悲しくてならなかった。

きちんと断らなければ……と、シャーロットは震える唇を開く。

「……ごめん……なさい……」

やっとの思いで告げた一言に、ウィリアムが傷ついた色を瞳に走らせた。

「出逢ったばかりなのにプロポーズなどしたから……驚かせてしまっただろうか？」

「あの……わたし……」

「あなたを愛してしまったのは、本心なんだ……どうか、俺の心を信じてほしい」

「ウィリアム様のことは……信じています……」

見ている方が切なくなるくらい悲しげな表情だ。彼の瞳を見ていることができなくて俯くと、ウィリアムはさらに問いかけてきた。

「俺を信じると言うならば、せめて断る理由を教えてもらえないか？」

「それは………」

王都へ着いたら結婚するという真実が、すぐには口をついて出てこない。先ほどまで男爵のもとへ嫁ぐ覚悟ができていたはずなのに、ウィリアムの告白を聞いて心がぐらついてしまっている。

答えられないでいるシャーロットに、ウィリアムが躊躇い気味に訊ねてきた。

「もしかして……想いを寄せる人がいるのか？」

「いえ……違います……っ」

「俺では、あなたに相応《ふさわ》しくない？」

「とんでもありません……！」

ウィリアムのプロポーズに一瞬でも心が躍《おど》った。その気持ちに嘘はつけなくて、顔を上げて否定する。

ウィリアムが焦る気持ち抑えられないと言いたげに、身を乗り出してきた。

「ならば、なぜ？」

答えを求められ、シャーロットは唇を引き結んだ。

真剣に告白してくれた彼には、きちんと理由を言われなければいけない。それが彼に対する唯一の誠意であると、シャーロットは自身を奮い立たせた。

「……………結婚……するのです。王都に着いたら……」

「結婚……だと？」

「……………はい……」

はっきり答えなかったせいで、きっと彼にいらぬ誤解を与えてしまった。ショックを隠せずにいるウィリアムに、シャーロットは深く頭を下げる。

「ごめんなさい……」

シャーロットの謝罪に、ウィリアムの手からわずかに力が抜ける。そのまま離れてしまうかと思われたが、彼の手は再び力を取り戻した。

「それはあなたが望んだ相手か？」

「つ……」

望んでなんていないと喉まで出かかったけれど、声にするのをぐっと耐える。

どんな事情であれ、男爵のもとへ嫁ぐと決めたのはシャーロット自身だ。望んだわけではないが受け入れた責任は少なからずある。

だから否定することはできないが、心に嘘もつけなくて、肯定することもできない。

ぎゅっと目を瞑《つむ》って震えるシャーロットに、ウィリアムの手の力が籠《こも》った。

「それが、あなたの心なのだな」

「え……」

「ならば、俺を選ぶといい」

「ウィリアム……様？」

シャーロットが長い睫毛《まつげ》を震わせて瞼《まぶた》を上げると、彼の強い眼差しとぶつかった。

「こんな想いは初めてだ……あなたを諦めるなんて、俺にはできない」

「ですが……わたし……」

熱を孕《はら》んだ瞳で見つめてくるウィリアムが、シャーロットの腕を引く。

「きゃっ……」

麗《うるわ》しい見た目からは感じさせない力強さで、シャーロットを包みこんでしまう。

「俺を選ぶと言ってくれ、シャーロット」

情熱的に訴えてくるウィリアムが、強く抱き締めてくる。

驚きのあまり声すら失って身を固くしていると、ウィリアムの手が頬に触れた。

「シャーロット……」

「んッ……!?」

顔が傾けられたかと思うと唇を塞がれる。ウィリアムからの口づけに、シャーロットは驚愕して大きく目を見開いた。

「い……いけません……っ」

だが、すぐに口づけを解いて拒絶する。

彼の腕の中からも逃げようとすると、ウィリアムの大きな手がシャーロットの後頭部を捕《とら》えた。

「無理を強いるのは本意ではないが……あなたを誰にも渡したくない」

情熱的な告白を拒む間もなく、シャーロットの唇が再び塞がれた。

唇が深く重なり、食《は》むように口づけられる。震える薔薇色の唇を割って、ウィリアムの舌が口腔《こうこう》内へと差しこまれた。

「んんッ!?」

口づけも初めてなのに、まして舌を入れられるなんて……シャーロットにしてみれば衝撃だ。

驚きと怯えで縮こまったシャーロットの舌を引きずり出すように、ウィリアムの舌が絡みついてくる。

くちゅ……と唾液が絡む音が、真っ白になっていたシャーロットに意識を取り戻させた。

「ン――ッ!!」

ウィリアムの肩を押して拒絶を示すが、彼の身体はびくともしない。それどころかシャーロットの抵抗を封じるように、いっそう深く口づけてくる。

強引に搦《から》め取られた舌が円を描くように弄《もてあそ》ばれたかと思うと、裏側を根元からそろりと撫で上げられる。鈍い痺れが走って、頬から胸の辺りの筋肉を強張らせた。

シャーロットが唇を閉じることすらままならないのをいいことに、彼は口腔内を蹂躙《じゅうりん》してくる。

舌先で歯列をなぞり、頬の内側を撫でてくる。上顎《うわあご》をくすぐられると、うなじの辺り震えてシャーロットの滑らかな肌を粟立《あわだ》たせた。

「ん、う……」

抵抗もままならない中、唇の隙間から声と共に唾液がこぼれ落ちていく。

腰を抱いていたウィリアムの手が、シャーロットのわき腹に沿うようにして触れてくる。

その手にシャーロットの身体がびくびくと震えた。

「いや……くす……ぐったい……」

悶《もだ》えるように身を捩《よじ》ると、ウィリアムが小さく笑う。

「くすぐったいだけか？」

「ッ……触っては……だめ……」

「可愛いな、シャーロット……もっと触れてみたくなる」

「ああん……だめっ……」

いたずらに触れてくる手から逃れたくて身悶えるけれど、彼は少しも解放してくれない。

それどころか口づけを交わしながら、欲情の色を滲ませた熱い息をこぼしてくる。

「このまま、あなたを妻にしてもいいだろうか」

「そ、そんなこと……許されな――ン、ふ……うっ……」

拒絶を遮《さえぎ》るように口づけてくる。シャーロットの息が上がったのを見計らって、彼が再び告げてきた。

「他の男から奪っても許される身だと言ったら……あなたは頷くか？」

真剣に見つめてくるウィリアムにシャーロットは息を呑《の》んだ。

そこに見えるウィリアムの情熱と強引さに、心が引きずられてしまいそう。そんな自分自身がシャーロットは恐ろしかった。

「い、いいえっ……いいえ、頷きませんっ！　誰であろうと、頷くことはできません！」

揺らぐ心を振りきるように告げると、ウィリアムが躊躇いつつも語気を強くする。

「俺が、奪える力を持っているとしても？」

「権力を盾にする方は、嫌いです……っ」

ウィリアムがどれほどの力を持っているのか知らないが、それでは男爵と同じだ。せめて彼との出逢いだけは、綺麗なまま心に留《と》めておきたい。

「ウィリアム様と出逢えたことは……一生の幸せとして、お別れしたいと思います」

シャーロットの言葉を受け、彼の表情が愕然《がくぜん》とした様子を見せた。

「俺では……あなたの心を捉えられないのか？」

彼は苦しい心情を表すように、眉根を弱く寄せる。そんな彼の様子に胸が痛み、シャーロットは長い睫毛を伏せた。

「ウィリアム様だけではありません……誰であろうと……この結婚は、わたしが決めたことなのですから……っ」

「あなたが……決めたのか？」

ウィリアムが怪訝《けげん》そうに訊ねてくるけれど、シャーロットはそれ以上を答えられなかった。

胸の奥からせり上がってくる切なさが、いまにも唇をついて出てきそう。苦しみを伴う切なさに、シャーロットは自身の想いを認めざるを得なかった。

（わたし……ウィリアム様に惹かれているんだわ………）

ならば余計に、このまま彼と一緒にいていいはずがない。

シャーロットは彼の身体を押すようにして、ゆるんだ拘束から抜け出す。

「ごめんなさい……ウィリアム様……ごめんなさい……」

「シャーロット……」

ウィリアムも戸惑いを隠せない様子で、名前を呟いてくる。その声を聞くだけでも、胸がいっぱいになって目頭が熱くなる。

「お許しください……」

震えてしまう唇を精いっぱいの気力で押さえこみ、心からの謝罪の言葉を紡《つむ》いで席を立つ。

ウィリアムの手が引き留《と》めるように動いたけれど、シャーロットは彼の手から逃れると足早に部屋をあとにした。

第二章　抑えきれない想い

窓から射しこむ眩《まぶ》しい陽射《ひざ》しが、ガラスの反射を受けて部屋を明るく照らす。

朝の静謐《せいひつ》な空気を漂わせる中、鳥の軽やかなさえずりが聞こえてくる。

ベッドから上半身を起こして窓の外へ視線を向けると、昨日までの嵐が嘘のように外は晴れ渡っていた。

緑が映える清々《すがすが》しい天気に、しかしシャーロットの心は晴れなかった。

「お別れなのね……」

情熱的に愛を請うウィリアムの姿が脳裏をよぎって、シャーロットの胸を痛ませる。

けれどこれ以上彼の傍《そば》にいてはいけないと、頭の隅で警鐘が鳴った。

（そうよ……わたしは男爵様のもとへ嫁ぐのだもの………）

このまま余計なことは考えず、彼のもとを去ればいい。

迷いを棄《す》てるように深呼吸をしたところで、朝の挨拶《あいさつ》と共にメイドが朝食を運んでくる。

焼き立ての香ばしいパンの匂いが室内に広がった。

なにごともない日常ならば、きっと食欲をそそられただろう。だが今日ばかりはパンの優しい香りですら、空腹を感じさせない。それでもなんとか喉へと流しこみ、手早く食事を終える。

メイドが用意してくれた洗面ボウルで顔を洗うと、彼女たちは昨日と違うドレスを用意してくれた。

それを見て、シャーロットは首を振って断る。

「すぐに失礼するので……わたしの着てきたドレスを用意してもらえますか？」

メイドたちは困惑を浮かべながらも、シャーロットのドレスを持ってきてくれる。裾に広がっていた泥染みが綺麗《きれい》に拭われていた。

昨日借りたドレスほど上質の生地でもないし、繊細な刺繍《ししゅう》や美しいレースで飾り立てられているわけでもない。それでも嫁ぐ娘のために両親がせめてもと、用意してくれたドレスだ。

（このドレスには、お父様とお母様の想いが詰まっているのだもの………）

シャーロットにとって大事な一枚を、整えてくれたメイドたちに感謝する。

「綺麗にしてくれて、ありがとう」

お礼を言えば、メイドたちが躊躇《ためら》いがちに口を開く。

「あの……主とお話をなさってから、お決めになった方が………」

なにかあるのかと首を傾げてみるけれど、彼女たちは教育が行き届いているらしく、それ以上の余計な話はしてくれない。

だが一刻も早く発たなければならない身だ。メイドたちの進言にもう一度お礼を言ってから、シャーロットは自前のドレスを手にとった。

身支度を整えて階下へ降りると、ウィリアムが怪訝《けげん》な表情を見せる。

「新しいドレスを、用意させたはずだが？」

「ええ、ですが……すぐにも出発しないとならないので……」

彼の顔を見てしまうと、どうしても寂《さび》しさが湧いてくる。

長い睫《まつげ》毛を伏せて視界を覆うシャーロットに、ウィリアムが神妙な様子で告げてきた。

「そのことだが……昨日の嵐で大木が倒れて、道を寸断してしまったようだ」

「えっ!?」

「すぐ作業に取り掛かるそうだから、あなたは、いましばらく滞在するといい」

「そう……なのですか………」

メイドたちが言おうとしていたのは、このことだったのだろう。

道が通れなくなったと聞いて、ホッと胸を撫《な》で下ろしてしまう。そんな自分に気づきシャーロットは慌《あわ》てて訊ね返した。

「迂回《うかい》できる道はないのでしょうか？」

「あるはずだが……だいぶ遠回りになるだろうな」

彼は言外に『奨《すす》めない』と言うけれど、このまま留《とど》まれば心が揺らぎそうで怖い。

「多少遠回りなっても通れるならば……」

「あの嵐だ、そちらの道も無事とは思えない」

「あ……」

安易に迂回すればいいというわけではないと教えられ、シャーロットは言葉に詰まった。

どうすればいいのかわからず惑《まど》うシャーロットを見て、ウィリアムが説き伏せるように告げてくる。

「遠回りをすれば道のりが長くなる分、障害に当たる確率も上がる。ここで開通を待った方が、確実だと思うが？」

確かに彼の言う通りかもしれない。下手に遠回りするよりも、大木が処理されるのを待つ方が確実だろう。

「自然が起こした事故だ、誰も責められない」

「ええ……ですが……」

それでも不安定に揺れる心を感じるから素直には頷《うなず》けない。心を落ち着かせるため胸元に手を宛がえば、ウィリアムがわずかに声を低めて言った。

「そんなに、ここを離れたいのか？」

「……そういうわけでは………」

ウィリアムのもとから離れたいのか、と訊《たず》ねられたようにも聞こえた。

肯定も否定もできなくて言葉を濁《にご》すシャーロットに、ウィリアムがやわらかく笑む。

「明日になれば開通するだろう、今日は静かに待つといい」

柔和な口調に改められると断りづらい。それに彼の言う通り、無理をしてもいいことがないのは確かだ。シャーロットは自身に言い聞かせるように頷き、ウィリアムを見上げた。

「わかりました……もうしばらく、お世話になります」

「そうか、よかった」

シャーロットの返事にウィリアムが嬉しそうに微笑する。

彼の表情を見て鼓動が高鳴ってしまう。そのことにすでに後悔を感じている自身に、シャーロットは不安を覚えた。

そんなシャーロットの気持ちも知らず、ウィリアムが手をとってくる。

「もう一度、ドレスを用意させよう」

「い、いえ……ドレスは……」

これ以上の厚意《こうい》に甘えるのは心苦しくて断りの言葉を吐きかけたが、ウィリアムはゆるく首を振った。

「そのドレスはとても似合っているが、汚してしまっては勿体《もったい》ない」

「あ……」

開通の報《しら》せが届いたらすぐ出立できるようにしておきたかったが、報せはいつ届くとも知れない。大事なドレスを汚したくないという気持ちには逆らえなかった。

「……ありがとうございます」

シャーロットが了承の礼を告げると、ウィリアムの傍に控えていたスコットが執事へ指示を出す。執事から指示を受けたメイドが、シャーロットを部屋へと促した。

その去り際に、ウィリアムから誘いを投げかけられる。

「午後は、温室を見に行かないか？」

ウィリアムの誘いに、シャーロットはきょとんと目を丸くする。

「温室が、あるのですね」

「とても小さいが、椰子《やし》の木など熱帯の植物が植わっている」

温室をもつ貴族は多いと聞くけれど、シャーロットの家にはない。動植物が好きなシャーロットにとっては、興がそそられる話だ。

「椰子の木は……見たことがありません」

「ならば、決まりだ」

シャーロットの返答にウィリアムが嬉しそうに笑う。

鼓動が淡い音を立てて、シャーロットはそっと胸を押さえた。

ウィリアムと一緒にいる時間が長くなればなるほど、鼓動の音が大きくなるようだ。

再び戻ってきたロココ調の部屋で、シャーロットは憂《うれ》いを含んだ息をつく。

（なぜこんなに、よくしてくれるのかしら……）

一目惚《ぼ》れと言ってくれたけれど、相手はプロポーズを断った女だ。もっと冷たくされてもおかしくないはずなのに、ウィリアムは優しく接してくれる。

変わらない態度を嬉しく思う反面、彼の想いを受けられない切なさと罪悪感がシャーロットを嘆かせた。


マスタードイエロー色のガウンには、白や朱の糸で織られた大きな百合《ゆり》が刺繍されている。ストマッカーはストライプ柄のリボンが編みこまれ、白色のペティコートの裾にはフラウンスと呼ばれる大きなフリルが飾った。

その裾を慎重に持ち上げて、水たまりが残る歩道を歩く。

広い庭の一角に、それはあった。

新古典主義を模《も》した多角形の白い建物は、全面にガラスがはめこまれている。

ウィリアムは『とても小さい』などと言っていたが、温室は邸宅の三分の一はありそうな広さだ。

「さあ、入って」

ドアを開けてくれるウィリアムに促されて入ると、途端《とたん》に熱気が身体を包む。

「とても、暑いのですね……」

「天井からも、光を取り入れているせいだろう」

見上げると天井までガラス張りになっていて、陽光が燦々《さんさん》と降り注がれていた。

「これが、椰子の木だ」

尖《とが》って鋭そうな葉を噴水のように生やす木は、とても背が高くてシャーロットの身長の五倍以上ありそうだ。

「こんなに大きい木だったなんて……知りませんでした」

椰子の木を唖然《あぜん》と見上げていると、ウィリアムがシャーロットの肩を抱いて上の方を指さす。

「葉の根元に生《な》っているのが実で、内部に溜まった水は飲めるそうだ」

「水が溜まるのですか？」

あんなに高い所に生る実の中に、水が溜まるなんて不思議だ。

「美味しいのでしょうか？」

「飲みたいならば、庭師に頼んでみよう」

椰子の木を興味深く見上げているとウィリアムが耳元へ唇を寄せた。

「口を開けていても、実は落ちてこないぞ」

「く、口など開けてはいません……！」

慌てて口元を両手で覆えば、ウィリアムがくすくすと声を立てる。

「すまない、あなたがあまりにも可愛《かわい》い顔をしているものだから……つい」

からかわれたと知って、シャーロットは赤く染まった頰を膨《ふく》らます。

「ウィリアム様は……意地悪です……」

シャーロットが不満を口にすると、彼はいたずらな笑みの代わりに、慈《いつく》しみを浮かべた表情で見つめてきた。

「あなたは、とても表情が豊かで可愛らしい……いつまでも見ていたくなる」

優しい彼の眼差しに、胸がとくりと音を立てる。彼に見つめられると、どうしてだか目が離せなくなってしまう。

紫色の瞳で見返すシャーロットに、彼の瞳がほんのりと切なさを浮かべた。

「どうして、あなたは結婚してしまうのだろう……」

男の人にしては綺麗な手を、シャーロットの頰に添えてくる。触れられたところが、じわりと熱を帯びた。

「あなたが愛しくて仕方ない……シャーロット……」

ウィリアムがゆっくりと顔を傾けてくる。口づけを求められていると気づいて、シャーロットは戸惑いを浮かべた。

明日にも嫁ぐ身で、他の男性の口づけを受け入れていいはずがない。頭ではわかっているのに、どうしてだか顔が逸《そ》らせない。

（駄目……受け入れては……きちんと断らなくては…………）

避《さ》けるだけの余裕は充分にある。彼は決して強引なことはしていないのに、身体が縫い止められたように動かない。

端正な顔が次第に近づいてくるのを、見つめるばかりのシャーロットに、唯一できたのは瞼を下ろすことだけだった。

ウィリアムが、そっと唇を重ねてくる。

淡く心地よい感情がシャーロットの胸に広がった。

「シャーロット……」

少しかすれた声で名前を呼ばれると、耳の奥が痺《しび》れるような感覚を覚える。

唇の輪郭をなぞるようにウィリアムが舌を這《は》わされれば、うなじ辺りの産毛がぞわりと立った。

唇の結び目を溶かそうと、ウィリアムの舌先が舐《な》めてくる。

これ以上は触れ合っては絶対に駄目……。理性がそう止めてくるのに、シャーロットの意思を無視するみたいに、唇はゆるゆると開いていった。

薄く開いた先から、生温かいものが侵入してくる。先の方がやっと入るくらいの狭い入り口に、彼は舌をねじこんできた。

「ふ……ンン……」

鼻から抜ける息をこぼすと、ウィリアムの手がシャーロットの身体を抱き締めてくる。

萎縮する彼女の舌に、彼のものが絡み付いてきた。

強張りを解くように舐めてくる感触がとても優しくて、シャーロットから力が少しずつ抜けていく。

お互いの舌を絡ませ合うと、天上にも昇りそうなほどの昂《たかぶ》りを感じた。

心がどこかへ飛び立ちそうな感覚を地上へ留めるため、彼のジャケットを掴《つか》む。ウィリアムの手がシャーロットの腰を強く引き寄せた。

「シャーロット……」

吐息するように名前を呼んでくる彼の声がとても甘くて、身体の奥の方がじわりと痺れる。

これまで感じたことがない心地よさと、もっと触れてみたいという不思議な思いがシャーロットを急《せ》き立てた。

「ウィ……リアム様………」

彼の呼びかけに応じて名前を呼び返すと、ウィリアムが我慢できないとばかりに唇を貪《むさぼ》ってくる。

舌の根元から絡ませ合い、頬の裏側や上顎をくすぐった。

喉の入り口まで舌を押しこまれ、シャーロットが小さくえづく。だがウィリアムは構わずシャーロットの口腔《こうこう》内を蹂躙《じゅうりん》した。

まるで飢えを満たすような口づけはどこか強引で、そしてとても熱い。

口の中も身体も触れられているところすべてが、熱くて眩暈《めまい》がしそうだ。

「はあ……ン……はあ………」

口づけに不慣れなシャーロットには、彼の巧みな舌技には到底ついていけなかった。

流されるまま身を任せていると、ウィリアムの手がシャーロットの背中を撫でてくる。くすぐったさに身を捩れば、彼の手が胸の上へと置かれた。

「ッ……」

シャーロットの身体がびくっと跳ね上がる。

しかし胸元をまさぐるウィリアムの手は離れない。それどころか、口づけを解《ほど》いてシャーロットの細い首筋へと唇を落とす。

「ウィ、ウィリアム様……っ、あの……わたし、もう……」

こそばゆさと共に焦燥《しょうそう》が湧いてきて、彼の肩を強めに押す。だが彼の身体はびくともしない。

「ウィリアム様……っ」

デコルテに舌を這わせてくる、彼を止めるため名前を呼ぶ。すると首元に顔を埋めたままで、ウィリアムが短く呟《つぶや》いてきた。

「暑そうだな」

「えっ……？」

「ここに、汗の溜まりができている」

そう言って、大きく開いた襟元から覗く胸の谷間に、舌を押しこんでくる。

「きゃあッ……ッ」

驚いてウィリアムを強く押し返したが、彼の身体はやはり微動だにしなかった。

「これがあなたの匂いか……若く瑞々《みずみず》しくて……まるで朝摘みの薔薇のように芳《かぐわ》しい……」

ウィリアムの手がおもむろにストマッカーへとかかり、鉤《かぎ》式のホックを外していく。

「な、なにをなさるのです……!?」

「もっと……あなたを感じさせてくれ……」

「い、いけません、ウィリアム様……ッ」

シャーロットが慌てて止めると、彼は手の動きを止めないまま理由を問いかけてくる。

「それは、あなたが嫁ぐ身だから？」

「そ……そうです！」

シャーロットが肯定すると、彼は眼差しを強くし見つめてきた。

「俺を嫌って拒むのではない……そう取らせてもらっていいんだな」

「え……？」

告げられた言葉に驚いて、動作を止めたシャーロットの前身頃が取り払われる。ガウンを大きく開かれると、コルセットが覗《のぞ》いた。

「いや、見ないで……っ」

露《あらわ》になった下着を隠すため、胸の前で両腕を交差させて身を縮こまらせる。しかしシャーロットの行動は抵抗にはならなかった。

彼女の身体を抱くようにして、ウィリアムが背中へと手を回す。コルセットの紐がゆるめられるのを止めたいのに、胸元から腕を離すこともできない。

(このままではコルセットが落ちてしまうわ……どうしたらいいの……っ)

シャーロットは激しく動揺した。

窮屈だった締め付けがなくなったと思うと、胸の前で組んだ両腕がとられる。支えていたコルセットが外れ、シャーロットの白い乳房が弾んだ。

「駄目……ッ」

腕を引いて首を竦《すく》め、きつく目を閉じる。あられもない姿を人前に晒《さら》しているというだけで、いまにも倒れてしまいそう。恥ずかしさのあまり涙が浮かんでくるシャーロットとは違い、ウィリアムは恍惚《こうこつ》とした様子を滲《にじ》ませた声で呟く。

「美しいな……」

「お願いです……やめてください……」

震える声で懇願するけれど、彼にやめてくれる気配はない。

頬に唇を寄せて滑らすように首筋へと下りていく。

「んっ……」

肌をくすぐる感触に耐えられず声をこぼせば、ウィリアムの唇がシャーロットの浮き出た鎖骨を舌先でなぞった。

「もう……これ以上は……」

身を引いて抗《あらが》うけれど、とられた腕を逆に引き寄せられてしまう。

たたらを踏むように足を踏み出した身体が、彼の腕に抱き留められる。

抗いの言葉を紡ぐ唇がキスで塞がれ、乳房が彼の大きな手に包みこまれた。

「ンッ――」

シャーロットの身体がびくりと震える。

乳房を見られるだけでも恥ずかしいのに、触れられるなど生娘のシャーロットには過ぎた行為だった。

「は、離して……ッ」

口づけを解いて拒絶するが、ウィリアムの唇が追いかけてきて再び口づけられる。

舌を激しく絡められながら、ウィリアムが円を描くようにして乳房を揺らしてきた。

熱の籠《こ》もった手が、下からやわらかく揉み上げてくる。

「ううっ……ン……」

早く止めなければと思うのに、身体にうまく力が入らない。彼が触れてくるすべての部位から微弱な痺れが走り、シャーロットを動けなくしているようだった。

彼の唇が口づけを離れ、首筋を這い出しても、押し返す力が湧いてこない。拒否を示す思考に反し、身体は従順に反応した。

「あなたの肌はとても心地いい……まるで吸い付いてくるようだ………」

恍惚を滲ませた息をつきながら、ウィリアムが強弱をつけて胸を揉んでくる。

指が埋まりそうなほどやわらかい感触を楽しむように、ウィリアムが五本の指をばらばらに動かす。

そのたびに弱い痺れが走り、シャーロットはくぐもった声をこぼした。

次第に下りていくウィリアムの唇が、やわらかな双丘の頂《いただき》に辿《たど》り着く。淡いピンク色の果実が、その身を差し出すように尖っている。

ウィリアムが引き寄せられるように唇を開き、小さく主張する乳首を食《は》んだ。

「あっ……んっ……身体が……びりびりして……あっ………」

これまでにない強い痺れが全身を駆け抜け、膝が震えて崩れ落ちた。

地面に膝を打ちつける寸でのところでウィリアムの手に抱き留められる。ゆっくりと地面

に下ろされると、再びウィリアムが突起へと唇を寄せてきた。

「だ、駄目っ……そこは……あンンっ……」

シャーロットの制止も耳に入らないのか、彼は焦燥に駆られたように乳首を舐めてくる。片方をちゅくりと音を立てて吸い上げ、もう片方の突起を指の腹で軽く潰してきた。

「両方……同時になんて……いけません……」

「こんなにも反応してくれているのに？」

「他の方に……感じては駄目……なのです……あうっ……」

男爵へ嫁ぐ身で、ウィリアムの手に感じていいはずがない。

胸に埋まる彼の頭を押し返すけれど、手が痺れたように震えて力が入らなかった。

「もっと、俺を感じるといい……俺を、あなたの中にここに強く刻んでくれ……」

心臓の辺りを口づけられて、どくんと鼓動が跳ねる。まるで直接心臓に口づけられたような感覚にとらわれ、血液が沸騰したみたいに身体中が熱くなった。

尖った部分を軽く嚙まれて、舌先で転がされる。それを左右交互に繰り返されると、恥ずかしさよりも気持ちよさが思考を支配していった。

（止めなくては……いけない……のに……………）

抵抗するどころか、彼の手に身体も思考も侵されていくようだ。

「んんっ……あっ……」

全身が燃えるように熱くて、シャーロットの身体からは大粒の汗が噴き出す。透明の珠が幾重にも道筋を作り、白い肌の上を伝い落ちていった。

それはウィリアムも同じで、見事な金色の髪がしっとりと濡れて額に張り付く。けれど彼は一向に構う様子を見せず、シャーロットの肌に溺《おぼ》れるように一心に貪ってきた。

「あなたが愛しい……シャーロット……もっとあなたに触れたい……」

乳房を離れた唇は、細くくびれた脇腹をくすぐってくる。

身悶《みもだ》えるシャーロットを優しい力で押さえ付けてきて、今度はへその窪《くぼ》みへと舌を押しこんできた。

「あんっ……」

シャーロットの腰が戦慄《わなな》くと、ウィリアムの手がペティコートへとかかる。裾を捲《めく》り上げるようにして、中へと侵入してくる。それを感じたシャーロットの意識が途端にはっきりとした。

「だ、駄目です……ッ、そこは……そこだけは、触らないでください……ッ」

「お願いだシャーロット……俺を受け入れてくれ……」

情熱を湛《たた》えたウィリアムの瞳が、シャーロットを見つめて懇願してくる。

その視線と、汗を浮かばせ息を上げる彼の姿に、腰の辺りがぞくりと痺れた。

彼の手に委ねてしまいたい欲求が湧いてくるのを、シャーロットは誤魔化《ごまか》せなかった。

（このまま……彼に処女を捧げてしまえば……）

そうしたら、男爵はシャーロットに興味を失くすのだろう。

だがそれは同時に、両親や家を守ると決めた自分自身を裏切ることにもなる。男爵のもとへ嫁がなくて済むよう、お金の工面に奔走《ほんそう》していた両親が思い浮かんだ。

「駄目……駄目です……わたしは……他の方へ……嫁ぐ身です……」

自分にも言い聞かせるように呟くけれど、ウィリアムは形のよい眉を弱く寄せて返してくる。

「あなたが愛しくて仕方ない……胸が張り裂けてしまいそうだ……」

「ウィリアム様……」

ウィリアムが切なく苦しい心情を吐露する。

「他の男のもとへ嫁ぐなどと、言わないでくれ……俺を、選んでくれ……」

胸の奥を貫くような声音に、シャーロットの心臓がきつく締め付けられた。

彼の想いに応えてしまいたくなって、今にも腕を伸ばしそうになる。だが心の赴《おもむ》くまま行動していい立場にはないことを、改めて思い直して自身を叱咤《しった》する。

（わたしは……男爵様に嫁ぐのよ……！）

ウィリアムに向かう心に蓋《ふた》をして、シャーロットは震える唇を開く。

「わたしには……お応えできません……」

彼の目を見ていられなくて、ぎゅっと目を瞑《つむ》って息を詰める。そうでもしなければ、彼に縋《すが》り付いて求めてしまいそうだった。

そんなシャーロットの言葉に抵抗するように、ウィリアムが強く抱き締めてくる。

「なぜだ……なぜ俺を選んでくれない……っ」

「わたしには……決まった方が………」

「婚約者を愛していないならば、俺でも構わないだろう……！」

「っ……」

慟哭《どうこく》するウィリアムの声は、シャーロットの呼吸を止めた。

「俺を選ぶと言ってくれ……シャーロット」

彼の心情を伝えてくるような苦しげな声音に、どうしようもないほど切ない思いが湧いてくる。

視界がうっすら滲みそうになって、シャーロットはきゅっと唇を引き結んだ。

(泣いては……駄目よ………)

涙と共に本音が溢《あふ》れ出てしまいそう。

せっかく閉じこめた決意が鈍ってしまいそうだった。

「………お許しください……」

昨日も告げた言葉を繰り返せば、ウィリアムの腕がいっそう強くシャーロットを抱き締めてくる。

まるで離さないと伝えてくるようなその強さは、シャーロットの身体よりも心を痛ませた。

第三章　揺れる心と乱れる身体

午後に温室から戻ったウィリアムとシャーロットを見て、クロムウェル家の使用人たちが目を丸めた。

ふたりの髪は雨にでも濡れたように濡れそぼり、シャーロットに至ってはドレスが乱れている上に、土までついている。腕の中には、ひとりでは着《つ》けられなかったコルセットを抱えていた。

それは誰の目にも、情事の痕跡として映っただろう。

『なにをしている、彼女の支度を手伝え』

居たたまれないほどの羞恥心に駆られていたが、教育の行き届いたクロムウェル家の使用人たちは、彼の言葉ですぐに平素の表情へと戻り、ウィリアムとシャーロットをそれぞれ部屋へと促《うなが》してくれた。

昼間にそのようなことがあったものだから、彼から夕食に誘われてもすぐには頷《うなず》けなかった。

それでもせめて食事くらいは……と、一緒のテーブルについたまではよかったのだけれど、どちらもぎこちないままだ。

(もっと……お話したいのに……)

明日にも別れないとならない身だ。せめて会話くらいは、楽しい思い出を残しておきたかった。

だが思うほど言葉が出てこない。他愛ない会話すら言葉を失くしてしまう自分にシャーロットが嘆きを覚えて俯《うつむ》く中、ウィリアムが躊躇《ためら》いがちに口を開いた。

「あなたの……結婚相手の名前を、聞いてもいいだろうか?」

「え……?」

視線を上げてウィリアムを見ると、彼はその瞳にかすかな嫉妬《しっと》をちらつかせる。

「しつこいのは、充分承知しているつもりだ。だが俺にとっては恋敵になる、相手の名前くらいは知っておきたい」

感情の籠《こも》った語気を向けてくる彼に、怯《おび》えなのか不安なのか嬉しいのか、よくわからない鼓動の高鳴りを覚えてしまう。判然としない心情に戸惑いながらも、シャーロットは声を発した。

「ペイトン男爵様です……」

結婚相手の名前を伝えた途端《とたん》、ウィリアムの眉間が険しく寄った。

「ペイトン男爵だと？」

「は……い……」

ウィリアムがあまりに尖《とが》った声で言うものだから、不安を感じて頷く声が小さくなってしまう。そんなシャーロットの顔色から心情を察したのか、彼が眉間の皺《しわ》を解いた。

「すまない、つい声を荒らげてしまった」

「いえ……」

短く返すと、ウィリアムが逡《しゅん》巡《じゅん》する素振りを見せながら訊《たず》ねてくる。

「俺が言っても、嫉妬にしか聞こえないかもしれないが……ペイトン男爵には、あまりよくない噂があるのを、ご存知だろうか？」

ウィリアムも顔をしかめるほど、ペイトン男爵の噂は有名なのだろう。心臓が竦《すく》むのを感じつつ、シャーロットは小さく頷く。

「……知っています……」

その返事を聞いて、再びウィリアムの声が尖った。

「知っていて、嫁ぐのか？」

「…………はい」

シャーロットがさらに頷くと、彼は少し早口に言ってくる。

「こんな言い方はしたくないが、ペイトン男爵はやめた方がいい」

やめられるものならば、シャーロットだって男爵と結婚などしたくない。両親も散々止めて、嘆いてくれた。それでも両親のため、家のため、嫁ぐと決めたのはシャーロット自身だ。

ウィリアムの言葉は嬉しいけれど、引き返すことはできない。

「ありがとうございます……ですが、もう決まったことです」

決意が鈍らないように、しっかりと告げる。ウィリアムが声を低くした。

「嫁ぐ理由を、教えてもらえないか？」

納得がいかないのだろう、真実を求めてくる彼に、しかしシャーロットは告げるのを躊躇った。

(借金があるなどと言ったら……お父様の名を穢《けが》してしまう……)

その上なぜ借金を負うはめになったのか、事情を問われたら、どう答えればいいのかわからない。執事に裏切られた話など、借金を抱える以上に不名誉だ。

「どうか……お聞きにならないでください……」

父の名誉を守るためにも、シャーロットは首を振る。

「だが、ペイトン男爵は……っ」

「ウィリアム様……お願いします……」

彼の言葉を遮《さえぎ》るように名前を呼んで、シャーロットは続けた。

「このまま、なにも聞かないでください……」

「しかし……」

ウィリアムはまだなにか言いたげな雰囲気だったが、シャーロットの気持ちを汲《く》むように彼はそのまま口を閉ざしてくれた。

「あなたを諦められない理由が、また増えたようだ」

底冷えしそうな低い声にハッとして顔を上げる。情熱とも嫉妬とも、判別のつかない眼差しが見つめてくる。

シャーロットはその瞳から、しばらく視線を外せなかった。


再び迎えた朝に、シャーロットは昨日よりも重い溜息をこぼした。

「道が通れるようになっていると、いいのだけれど……」

昨日は結局、夜になっても開通の報《しら》せは届かなかった。

それでも今日中には出立した方がいいだろう。

(お互いのために、ならないもの……)

彼への未練がさらに残ってしまったが、温室に引かれてふたりきりになった自分への自戒として、甘んじて受け入れるつもりだ。

朝食を持って来たメイドに、昨日と同じように自前のドレスを頼むと、彼女たちはやけに爽《さわ》やかな笑顔を返してくる。

「まだ道が通れるようになったとは、聞いておりませんが」

「まだ駄目なのね……」

やはり迂回路《うかいろ》を行った方がよさそうだ。

ウィリアムの言う通り迂回路の方も、通れない可能性は充分にある。だが彼と過ごしてこれ以上間違いが起こっては困る。

たとえ時間がかかっても、馬車で一夜を明かすことになっても、出発した方がいい。

「嵐のせいで、村の者も手一杯なのでしょう」

メイドの説明に、シャーロットは食事の手が止まった。

近年稀《まれ》にみる嵐だったから、きっと村でも被害が出ているだろう。自分のことばかり優先して考えてしまっていたが、中には困っている人がいるかもしれない。

通りすがりの身とはいえ、自分の村のことを思えば見過ごせない。

「わたしに、お手伝いできることはないかしら？」

男性のような力はないので大したことはできないが、花の植え替えや子供たちの世話くらいならば、できそうな気がした。

シャーロットの言葉を聞き、メイドたちがきょとんと呆ける。

「あの……」

なにか変なことを言ったかしら……と、戸惑うシャーロットに彼女たちは小さく笑った。

「伯爵様のご令嬢に、お手伝いなど頼めません」

「いいえ、困っているときには助け合うものでしょう」

貴族の娘らしくないと言われるかもしれないが、大事の際は、身分などと言っていられない。

そんなシャーロットに、メイドたちが眦《まなじり》を下げる。

「ありがとうございます。シャーロット様はお優しいのですね」

「わたしでは……お役に立てないかしら……」

お礼と共に丁重に断られたと感じて、少し複雑な思いがした。だが彼女たちは、すぐに口を開いた。

「主に訊《き》いてまいりましょう」

「ウィリアム様に？」

「少々お待ちください」

「ま、待って……っ」

引き留める間もなく出て行ったメイドに、シャーロットは戸惑いを隠せなかった。

シャーロットが『手伝う』と言えば、ウィリアムに伝わるのは当たり前の話だ。いまになって、願い出たことが失敗だったのではないかと思えてくる。

するとと残ったメイドが口を開いた。

「主も、村の様子を気にかけておりました。今回のシャーロット様の申し出を、さぞ喜ばれます」

メイドが笑顔で告げてくる。

だが嵐がやんでから、ウィリアムが出かけた様子はない。シャーロットの中に懸念《けねん》が浮かんだ。

(もしかして……わたしがお邪魔しているから……)

予期せぬ来訪者とはいえ、ゲストを放って村へは行けなかったのかもしれない。にわかにこれまでとは違う申し訳なさに襲われた。

舗装されていない蛇行した道を、ゴトゴトと車輪の音を立てて馬車が走る。黒塗りの馬車は、途中にできた轍《わだち》をうまく避けながらゆっくりと進んだ。

車内にはシャーロットと、正面に座るウィリアムしかいない。御者の他に近侍《きんじ》がひとり付き添っているけれど、彼は御者の隣に座していた。

『あなたの申し出は聞いた、村まで案内しよう』

新しいドレスに身を包んだシャーロットに、ウィリアムが言った。

すでに馬車は準備されていた。共に過ごす時間を自ら増やしたしてしまったことに、複雑な思いを感じながらも馬車に乗りこんだ。

今日こそ迂回路を使ってでも王都に行こうと考えていた、今朝の決意はなんだったのだろう。自身の安易な発言に反省を覚えずにいられない。

そんなシャーロットの心とは裏腹に、広大な敷地に広がる牧草や麦の穂が、陽射しを受けて眩《まばゆ》いばかりに輝いていた。

（この辺りは、人も土地も豊かなのね……）

美しくて眺めているだけで心が和む。

シャーロットの実家が所有する土地も、昔はきっと、このような風景が広がっていたのだろう。

だが何世代も前から先細りになっていき、そのままやめてしまったらしい。

（もし、いまも続いていれば……借金のために嫁ぐことはなかったのかしら………）

考えても状況は変わらないのに頭をよぎり、せっかくの景色も薄れる気がした。知らず溜息が落ちてしまう。

「体調でも悪いのか？」

「え？」

「溜息をついたようだが」

「あ……申し訳ありません！」

慌てて詫《わ》びると、ウィリアムがさらに言葉を重ねる。

「体調が悪いならば言ってくれ、無理を押して行く必要はない」

「ありがとうございます、ですが、体調が悪いのではありません。この辺りはとても豊かな土地なのだと……感心していただけです」

「それは光栄だな。この辺りの政策には、俺も協力させてもらっている」

「そうなのですか……とても美しくて、心地よいです」

「あなたに褒《ほ》めてもらえると、誇らしい気持ちになる。ありがとう」

嬉しげに微笑まれてシャーロットの胸がほんのり温かくなる。それを心地よく感じていると、ウィリアムが声をかけてくる。

「顔が赤いようだな」

「赤い……ですか？」

頬に両手を宛がえば、彼が微笑ましげに眦を甘く下げる。直視するのが恥ずかしくて目線を逸《そ》らし、話題を変えた。

「そういえば、今日はスコット様が、ご一緒ではないですね」

ウィリアムの世話係といった様子で、常に彼の背後に控えているスコットの姿が、今日は朝から見当たらない。

「彼には大事な用を頼んだ」

家令のスコットが出向く用件なのだから、よほど大事なのだろう。

ウィリアムが少しだけ尖った声を発してくる。

「スコットが気になるのか？」

「ええ、いつもご一緒なので……」

素直に答えると、ウィリアムの眉間に皺が刻まれた。

「あなたは、俺を嫉妬させたいのか？」

「なぜですか……!?」

スコットの所在を訊ねただけで、そのような問いが戻ってくるとは思わなかった。驚いて問い返せば、ウィリアムが不愉快な表情を隠しもせずに言う。

「他の男のことを考えるあなたを見て、笑っていられるほど俺は寛大ではない」

正直に答えたのはいけなかったのだろうか？

戸惑うシャーロットに、ウィリアムは言葉を詰まらせるようにして、自らの口元を手で覆った。

「無様だな……」

「どうか、されたのですか？」

彼の様子が心配になって問うと、彼はシャーロットを見たあと、ばつが悪そうに視線を逸らす。

「格好悪いところを見せた」

「格好悪い……ですか？」

どの場面をそう言っているのかわからなくて鸚鵡《おうむ》返しに問う。ウィリアムは口元を覆っていた手を外した。

「稚拙《ちせつ》な嫉妬など、あなたに見せるものではなかった」

もしかして、先ほどの不愉快な表情や言葉のことを言っているのだろうか。戸惑うシャーロットに彼は薄く苦笑する。

「あなたに関して、俺はよほど自信がないようだ。嫉妬など醜いだけだと思っていたのに……理性など役に立たないのだな……」

憂《うれ》いを含んだウィリアムの瞳に、シャーロットの胸がつきりと痛む。

こんなにも愛してくれるのに、なぜ彼の想いに応えられないのだろう……。

（男爵様より、早く出逢えていたなら………）

そうすれば彼の想いを受け入れられた。ウィリアムに憂い顔などさせずに済んだ。

それでもウィリアムとの出逢いに悔いはない。運命を呪うつもりもない。

彼と出逢えたことは、シャーロットにとって一生の宝物だった。

周辺の村の主な収入源は畜産物らしく、特に羊の毛刈りが有名だそうだ。

村の中心部で馬車を止めると、御者と同乗していた近侍が近くの家へと向かう。

家の中から出てきたのは、浅黒い顔に白い髭《ひげ》を蓄えた老人だった。

近侍がなにやら会話をしたあとで、老人が深く頷く。近侍に伴われて老人が馬車までやってくると、ドアが開けられた。

「シャーロット、手を」

先に降りたウィリアムから手を差し伸べられ、シャーロットも馬車を降りた。

「ようこそ、お越しくださいました」

「こちらには久しぶりだな、お元気だっただろうか？」

老人が挨拶《あいさつ》を向けると、ウィリアムが笑みと共に返す。

領地内ということもあり、顔見知りなのだろう。彼らは古くからの知り合いであるように親しげだった。

「紹介しよう、村の長でジョージ・ハンプトンだ。俺がこちらへ来るたび、世話になっている」

ウィリアムの紹介に、村長のジョージは恐縮しながらも誇らしげな表情を浮かべる。

「こちらはハミルトン伯爵のご令嬢でシャーロット・ハミルトンだ」

「シャーロット・ハミルトンです、よろしくお願いします」

ウィリアムの挨拶を受けてシャーロットも自ら名乗る。村長のジョージが頭《こうべ》を垂れた。

「嵐のあとで荒れておりますが、ゆっくりなさってください」

「ありがとうございます」

ウィリアムは真っ先に被害の状況を訊ねた。

今回の嵐で動物たちの小屋が壊れ、牧草地が水に浸《つ》かるという被害はあったものの、幸いなことに怪我人は出なかったらしい。

村の人々で協力し合って、修復に当たっているそうだ。

「誰も怪我がなくてよかった」

ウィリアムが安堵《あんど》した様子で言う。そこへどこからともなく子供がふたり、駆け寄ってきた。

「じいちゃん、お客さん？」

「おきゃくさん？」

兄妹らしきふたりは幼く、妹の方はまだ舌足らずなしゃべり方をする。

「これ、あまりはしゃぐんじゃない！」

ジョージが慌てて叱《しか》ると、子供たちが目をきらきらと輝かせ見つめてきた。

「うわあ……王子様とお姫様だ」

「おうじさまとおひめさまぁ」

ウィリアムが王子に見えるのはシャーロットも納得するところだが、自分はそうではない。

急いで否定しようとしたが、ウィリアムが先に口を開く。

「そうだよ、彼女はお姫様なんだ」

「え……違――――」

驚くシャーロットの耳元に、ウィリアムから囁きかけられた。

「子供の夢を壊すのは、大人げないだろう？」

「あ……」

夢を見るように輝く顔を、わざわざ残念そうに曇らせる必要はないと、彼は言う。

（そうよね……こんなに目を輝かせているのだもの………）

なにもかも正せばいいというものではない。子供に対するウィリアムの優しさを知って、胸がほんのり温かくなる。

「そうですね……こんなに可愛い表情《かお》をしているのですものね」

シャーロットは頷いて、ウィリアムを見習うように子供たちへと笑顔を向けた。

夢を見るように輝く顔を、わざわざ残念そうに曇らせる必要はない。

「こんにちは、シャーロットよ」

シャーロットは彼らの目線に合わせて腰を落として挨拶をする。子供たちはかしこまった様子で挨拶を返してくれた。

「僕はスティーブです、こっちは妹のキャシーです」

「キャシー」

兄に続いて答えるキャシーに笑顔がこぼれる。

「よろしくね、スティーブ、キャシー」

シャーロットが名前を紡《つむ》ぐと、キャシーが興味津々の表情で訊ねてくる。

「おひめさまは、どうしているの？」

なぜ村にいるのか気になったのだろう。彼女の純粋さにシャーロットも正直に答えた。

「お手伝いを、させてもらいに来たのよ」

「おてつだい？」

「壊れたところを直すの」

わかりやすく伝えると、キャシーがにっこりと笑う。

「キャシーもおてつだいしてる」

ほら、と言って手の平を見せてきた。

「ふふ、泥だらけね」

「お花を植え直してるんだ……です」

キャシーに代わって答えたのはスティーブだ。恥ずかしそうに顔を赤らめながら、妹と同じように手を見せてくる。

「おひめさまも、いっしょにうえる？」

「ええ、そうしましょう」

キャシーの無垢《むく》な表情につられて頷けば、祖父のジョージが慌てて止めに入る。

「こら、土いじりなどに誘ってはいかん！」

孫たちを叱るジョージを止めたのは、ウィリアムだった。

「構わない、彼女の好きなようにさせてやってくれ」

「ですが……」

言いよどむジョージに、ウィリアムが笑う。

「我々は、同じフォースランドの国民だ。手が必要なときに助け合うのは、当然の義務だろう」

「なんと、勿体ないお言葉を……」

ひどく感激した様子を見せるジョージの肩に、ウィリアムは手を置いた。

「ひと仕事のあと、お茶でも淹《い》れてくれ」

彼の願いにジョージが深く頷く。

決して裕福さを笠に着ないウィリアムに、シャーロットは心を引かれた。傍《そば》にいればいるほど、心を持っていかれてしまう。それを危険だからと距離を置くよりも、いまは彼といられる時間を大事にしたいと心から思った。

「シャーロット」

「はい、ウィリアム様」

ウィリアムから差し伸べられた手を、とびきりの笑顔でとる。彼の表情が少し驚いてみせた。

「ウィリアム様？」

「あ、いや……」

曖昧《あいまい》に言葉を濁してから、彼は少し照れた様子で目元を赤くした。

「笑いかけてもらえるとは、思っていなかったので……少し驚いた」

「わたし、そんなに無愛想でしたか？」

驚いて顔を隠すように手を宛がえば、ウィリアムがゆるく首を振った。

「初対面の挨拶のとき以来、あなたは笑わなくなった……。俺の態度が警戒させてしまったのだろうと、気になっていた」

シャーロット自身は気づかなかったことも、ウィリアムの心には引っかかっていたのだろう。罪悪感を滲ませた声音に、シャーロットの胸が重く軋《きし》んだ。

またも顔から笑みが消えたシャーロットを見て、ウィリアムが切なげに告げてくる。

「俺は、あなたの笑った顔が好きだ」

「ウィリアム様……」

手をとられたまま彼を見つめていると、足元の方から舌足らずな声がかけられた。

「おうじさまは、おひめさまがすきなの？」

ふたり揃ってキャシーへ視線を落とすと、無垢な瞳を輝かせている。周囲に人がいたことを思い出して、シャーロットは激しい羞恥心に駆られた。

「あ、あの、これはね……」

言い訳をしなければと慌てて言葉を紡ぎながら、繋がれた手を解こうとしたが、逆にしっかりと握られてしまう。

「ああ、好きだよ」

「ウィリアム様……っ」

子供を相手になんてことを言うの、とシャーロットは目を見開く。キャシーが恥ずかしそうに頬を赤くして言った。

「じゃあ、おひめさまとけっこんする？」

「キャシー……!?」

おませな少女にさらに驚くシャーロットの腰を、ウィリアムがさらうように抱き寄せてしまう。

「お願いしているのだけれど、お姫様が頷いてくれないんだ」

「ウィリアム様……ッ」

咎《とが》める声を発したが、ウィリアムとキャシーには届かなかったようだ。キャシーがショックを受けた様子で、シャーロットを見上げてきた。

「なんで……おひめさまはおうじさまとけっこんするって、ママいってたのに……」

王子様とお姫様の出てくる童話でも聞いたのだろう。まさか『お姫様』を否定しなかったことが、こんな形で返されるとは思わなかった。

「あの……わたし……」

いまさら『お姫様』を否定するわけにもいかず、まして幼い子供相手に事実を話すわけにもいかない。

シャーロットが狼狽《うろた》えていると、ウィリアムが喉をくつくつと鳴らした。

「キャシー、お姫様が俺のお嫁さんになってくれるよう、一緒に祈ってもらえるか？」

ウィリアムが言うと、キャシーの顔が喜色満面に輝いた。

「うん！　わたし、まいにちおいのりする！」

「ボクも、お祈りする！」

妹に続いてスティーブが声を上げる。ウィリアムが綺麗に微笑した。

「ありがとう」

お礼を言うウィリアムにキャシーもスティーブも満足そうだ。当人のシャーロットを取り残しふたりは約束を交わしてしまう。

シャーロットは啞然としながら小さく呟いた。

「なぜ、あのようなことを……」

結婚を受けられない理由を知っているはずなのに……これではキャシーが可哀想《かわいそう》だ。

声に少し非難を込めると、ウィリアムが同じように呟きを返してきた。

「俺がずるい人間だということを、覚えておくといい」

「え……？」

見上げたウィリアムの顔は、とても真剣だった。だがすぐに、彼は口角を上げて笑顔を見せる。

「さあ、手伝いに行こう」

ウィリアムの手が引いてくるから、シャーロットも戸惑いつつ頷いた。


午後いっぱいをベイル村の補修に費《つい》やしたふたりの服は、昨日に引き続き泥で汚れていた。

村の中心を取り囲むように植えられていた花々は、嵐によって軒並み倒れてしまっていた。

それをひとつひとつ丁寧に掘り返して、乾いた土を盛って改めて植え替える。作業は思った以上に大変だったけれど、皆で協力し合って花壇を整えた。

ウィリアムは村の男たちに交じって家や小屋の補修に当たった。彼らと同じようにジャケットを脱いで袖を捲《まく》り、板を張ったりレンガを積んだりする。その姿に逞《たくま》しさを感じて思わず見入ってしまった。

『煤《すす》が付いていらっしゃいますよ』

途中で休憩を入れたときに、ウィリアムの頬が黒く煤けていたのでハンカチで拭った。

『ありがとう、シャーロット』

彼が嬉しそうに笑ってくれたことが、シャーロット自身も嬉しかった。

村長の家である程度は泥を落としたものの、簡単に落とせるものではない。それを見て村長が恐縮していたけれど、ウィリアムは少しも気分を害した様子を見せなかった。

『皆と同じだ、気にすることはない』

キャシーの泥を拭っていたシャーロットは、手を止めてでも彼を見つめずにはいられなかった。

分け隔てなく気さくなウィリアムに、胸が熱くなる。彼のように心の豊かな人になりたいと、尊敬の念を抱いた。

「皆さんまで、子供たちの真似をするのは困りましたけど……」

「ああ、王子様とお姫様か」

スティーブとキャシーが大人たちにそう紹介したものだから、面白がってまるで渾名《あだな》のように呼ばれた。

帰り際、キャシーがウィリアムのために祈る姿を見て、見送りに来た大人たちからも結婚を望まれた。そのときは困って、どう返したらいいのかわからなかったけれど、楽しい気持ちのまま別れることができたと思う。

「お役に立てたでしょうか？」

帰りの馬車に乗りこんですぐに、シャーロットが心配をこぼす。

どう考えてもシャーロットの手伝いなど微々たるものだろう。子供のスティーブやキャシーの方が、よほど仕事ができたくらいだ。

だから心配になってしまったが、ウィリアムの考え方は違った。

「どれだけ役立ったか、というのは問題ではないだろう。有事の際、他人を思いやり行動できるかどうか、そちらの方が大事だ」

彼の言葉が、シャーロットの胸にしっくりと馴染《なじ》んだ。

見た目よりも心の在り方を問う彼の考えに、深く感じ入る。

彼のように考えられなかったことを恥じる気持ちはあるが、村の手伝いができたことや楽しく笑い合えたことは、素晴らしい経験だった。なんの憂いも迷いもなくウィリアムと笑顔で接することができたのも、すごく嬉しかった。

「ウィリアム様と出逢えて、本当に幸せです」

湧き起こる気持ちを抑えきれずに告げると、ウィリアムが驚いた表情を見せる。

「シャーロット……あなたは……」

彼はなにかを言いかけたが、言葉が続かない様子で口を閉ざす。眉間を苦しげに寄せたと思うと、彼は腰を浮かせてシャーロットを胸に抱いた。

「ウィリア……ンッ……」

シャーロットが名前を綴《つづ》るよりも早く唇が塞がれ、舌が口腔内へと侵入してくる。

歯が当たるほど深く口づけられ、舌が激しく絡んでくる。

まさしく貪《むさぼ》るという言葉が当てはまる様子で、唇を求める。ウィリアムの行動に、シャーロットは狼狽えずにいられなかった。

「ううん……っく……んっ」

突然どうしてしまったのか、説明を求めるため口づけを解きたくても、彼は少しもシャーロットを解放してくれない。

後頭部と肩が、しっかりと押さえこまれてしまっている。背中には座席の背もたれがあって身体を引くこともできない。息継ぎの合間、わずかにできる隙間から声をこぼす。

「ウィ……リアム……様……」

シャーロットが名前を紡げば、彼は堪らないと言いたげに強く抱き締めてきた。

「ああ、シャーロット……あなたが愛しくてどうしようもない……。あなたが俺に向けてくれる笑顔も、子供たちに向ける優しさも……花を植える姿さえも、俺を引き付けてやまない……。こんなに愛しいというのに、またあなたを好きになってしまった……」

彼の激情が、身体の芯までびりびりと伝わってくる。

その激しい感情を持て余すように、ウィリアムが再びシャーロットの唇を奪う。

「愛している……愛している……シャーロット……シャーロット……」

「ン……うン……っ……」

何度も想いを告げてくる彼の声に、シャーロットの胸が甘く疼《うず》いた。

シャーロットの身体から力が抜けるのを感じ取ったように、彼の手が胸元を這いはじめる。

「うう……んっ」

抗議の示すため彼の手に触れてみたけれど、その力はあまりに弱くて抗いにすらならなかった。

彼自身も止めるつもりがない様子で、ドレスから覗くシャーロットの肌に触れてくる。

「あなたに触れたい……もっと、あなたを感じたい……」

「んん……」

まさぐってくる手がくすぐったくて息をこぼすと、ウィリアムの唇が顎に下りて、耳朶《じだ》をやわらかく噛んでくる。熱い吐息が耳殻《じかく》に吹き付けられて、びくびくと身体が震えた。

するとウィリアムが、ますます感情的にシャーロットを求めてくる。いまにもドレスの前身頃を引きちぎりそうなもどかしさが、彼の手から伝わってきた。

けれどしっかりと着こまれたドレスは、着るのも脱がせるのも手間がかかる。鉤ホックを外すのを待てるほど、彼の理性はもたなかったようだ。

ウィリアムの手が、シャーロットの胸から腰を伝って、脚へと下りていく。性急な様子でペティコートの裾をたくし上げてきた。

「ンッ――!?」

シャーロットの身体がびくりと震える。それまで朦朧《もうろう》としていた意識が戻ってきた。

幾重にも重なり合うペティコートの中へ、ウィリアムが手を忍ばせてくる。滑《なめ》らかなストッキングの上を手が這い、シャーロットは抗わずにいられなかった。

「やめ……ウィリアム様……やめてください……っ」

肩を押さえていた手が下肢へ移動したことで、少しだけ自由になった身体を捩《よじ》って口づけを解く。

ペティコートの中をまさぐってくる彼の手を止めるため、シャーロットも下肢へと手を伸ばした。だが彼は、言葉の抵抗を奪わない代わりに、シャーロットの身体を座席へと横たえてしまう。

「ウィリアム様……っ」

慌てて起き上がろうとするけれど、ウィリアムはペティコートを太腿の辺りまで大胆にたくし上げてしまう。ストッキングに包まれたシャーロットの細い脚が、露《あらわ》になった。

「きゃあッ」

シャーロットが悲鳴を上げると、彼は冷淡にすら感じさせる言葉を放ってきた。

「外に人がいることを、忘れているようだな」

「——!?」

馬車の外には御者と近侍がいる。大きな声を出せば当然彼の耳に届くだろう。

シャーロットは、咄嗟《とっさ》に自身の口元を両手で覆う。

ウィリアムが残念そうに告げてきた。

「声を聞けないのは惜しいが、これで、あなたの声を他の者に聞かせなくて済む」

そう言って、シャーロットの下肢へと身体をずらす。

絹のストッキングに包まれた脚を、ウィリアムの手が足首から少しずつ上へと触れていく。

肉付きを確かめるように、ゆっくりと撫《な》でてくる手が熱かった。

ストッキングを留めるガーターリングに辿《たど》り着くと、彼はそれを外してしまう。ストッキングがするすると下ろされていった。

早く彼を止めなければと思うが、身体が硬直してまってぴくりとも動かない。外に人がいるという緊張からか、ウィリアムの強引さに恐れをなしているのか、シャーロットの思考に反して身体は反応しなかった。

その間に下ろされたストッキングが足首に溜まる。ウィリアムの手がシャーロットの膝にかかった。

軽く持ち上げるようにして、膝を立てられてしまう。左右に開かれると、ペティコートの奥に隠れた秘処が彼の前に晒《さら》された。

「ッ……」

誰にも見せたことがない秘密の園が暴かれ、シャーロットの身体が戦慄《わなな》いた。

「つ……だめ……ウィリアム……様……」

がくがくと身を震わせ、絞り出すように抵抗を吐き出す。

ウィリアムは目元をかすかに染めた。

「震えるあなたも可愛い……」

恍惚《こうこつ》すら浮かばせる声で呟き、シャーロットの膝頭に口づけてくる。唇のこそばゆさに身体が小さく跳ねた。

「シャーロット……愛している……シャーロット……」

ウィリアムが再び恋情を紡ぎながら、膝頭に舌を這わせてくる。ぴちゃりと音を立てて舐められ、唾液を塗布された。

濡れた道筋を辿りながら、舌がふくらはぎから足首へと下りていく。大事なものでも抱えるように両手で片脚を持ち上げ、透き通るほど白いシャーロットの肌を食《は》んでくる。

くすぐったいくらいの弱い痺《しび》れが、肌の内側をじわじわとさせた。

「ううっ……ン」

漏れ出る声をシャーロットは、喉の奥でぐっと殺して耐える。ウィリアムの口づけが足首から膝へと徐々に這い上がってきた。

しかし唇はそこで留まらず、さらに先へと進んでくる。

「んうっ」

恐怖にも近い思いがシャーロットの喉を引きつらせた。

濡れた舌が柔肌を這い上がってくる。太腿の内側の、とくにやわらかいところが強く吸われる。

「くっ……ん」

ちくりとした痛みに短く呻《うめ》くと、ウィリアムが満足そうに呟きを落とす。

「あなたの白い肌には紅色が映えるな……まるで花が咲いたようだ」

美しい……と呟く彼は、まるで所有印を刻むように他にも痕《あと》をつける。その行為にシャーロットの中からざーっと血の気が引いた。

(もし男爵様に知られたら……)

それを思うと怖くなって、シャーロットは震える手を下肢へ伸ばした。

「おやめください、ウィリアム様……こんなことが、あの方に知れたら……わたし……」

一度ついてしまったキスマークが何時間、何日くらいで消えるのか知らない。けれどこれ以上に増やされては困るし、この行為を続けられても困るのだ。

「お願いです……どうか、これでお終《しま》いにしてください……」

シャーロットが嘆願すると、彼は一度その動きを止めた。優しいウィリアムのことだから聞き入れてくれるものと思ったが、彼は声音に剣呑《けんのん》さを滲ませる。

「あなたは、言葉の選び方を間違えている」

「え……？」

「だが、嫉妬を煽《あお》るつもりだったならば成功だ、快く俺の手を受け入れるといい」

彼は再びシャーロットの内腿に、口づけの痕跡を残したのだ。

「ウィリアム様……っ」

引きつった声を上げると、彼は眉間に苦悩の証を刻んだ。

「先ほど言ったはずだ、俺はずるい人間なのだと」

「どうして……そのようなことを……」

「あなたの目に、俺がどう映っているかわからないが……俺をあまり過大評価しない方がいい」

「過大評価など……ウィリアム様は、お優しくて素敵な方です」

思ったままを伝えるシャーロットに、彼は冷めた口調で返してきた。

「嫌がるあなたを組み敷く男に、言うべきではないな」

それ以上の会話を拒否するように、ウィリアムが、シャーロットの脚をさらに開いてしまう。

「キャアッ」

左右に割られた脚は、はしたないほど大きく開かされる。羞恥心でシャーロットの白い肌が真っ赤に染まった。

(いやっ……これでは奥まで見えてしまう……っ)

必死に脚を閉じようとするが、膝が肩に付きそうなほど、身体がふたつに折られる。

淡く色づく陰唇が、彼の前に露になった。

「これが、あなたの花びらか……淡いピンク色で、とても愛らしい……」

穢れを知らない花園を、ウィリアムが恍惚とした表情で見下ろしてくる。その姿がシャーロットの目にもよく見えた。

「嫌ですっ……見ないでくださいっ……」

秘処を見られる羞恥心と、視姦《しかん》される行為に恐怖が湧いて、シャーロットのアメジストの瞳を潤ませた。

その様子を見たウィリアムの表情が、少しだけ曇ったが、彼はあえて見なかった振りをするように目線を逸らした。

「ウィリアム……様？」

恐々《こわごわ》と問いかけるが、彼はシャーロットの秘処に熱い吐息を吹きかけ、割れ目の中心に口づけを落としてきた。

「ひゃあん……ッ」

口づけられたところから、雷に打たれたような刺激が全身を駆け巡る。

薄紅色の蜜壺がじゅん……と濡れた。

蜜を湧かせたそこへ、舌先が伸ばされて舐められる。ぬめりのある異物が這う感触に、悪寒が走って産毛がぶわりと立ち上がった。

「ああん……っ」

「あまり大きな声を出すと、外に聞こえるぞ？」

悲鳴混じりの嬌声《きようせい》を上げると、ウィリアムが秘処を舐めながら告げてくる。

シャーロットが再び両手で唇を塞げば、彼がシャーロットの花弁を舐めはじめた。

犬が水を求めるような仕草で舌を這わされて、陰唇やその周りが唾液にまみれていく。

「ううぅっ……ふくぅんんっ……」

これまで感じたこともない刺激に、声が絶え間なく漏れてしまう。それでも必死に堪《こら》えるシャーロットの忍耐を試すみたいに、舌が肉の泉へとその身を潜《もぐ》らせた。

「あっ……中へ……中に入ってきては……駄目です……っ」

声を抑えることもできず、声高に喘《あえ》ぐ。

口元から離れた両手で彼の頭を押し返すが、まるで抵抗を封じるようにシャーロットの陰部が強く吸われた。

「ひゃあ……ああ……ッ」

愛液がじゅるじゅると音を立てて吸われる。膣《ちつ》が吸引される感覚に怖気が立った。

「やめてっ……やめてくださいっ……嫌です……ッ」

懇願を向けると、彼は吸うのをやめてくれる。

気味の悪い感覚に涙を浮かばせつつも、ほっと安堵の息をついた。

彼が再び舌を這わせくるが、シャーロットの抵抗は先ほどよりも弱い。それをいいことにウィリアムの舌が胎内をあますところなく探ってくる。

太腿を支えていた手が伸ばされ、陰部の上の方で主張する小さな粒をかすめた。

「ひぃっ……」

鋭い刺激がシャーロットの中を駆け抜けた。それをさらに煽るように、彼の指が肉芽を押し潰す。

「ああン……ッ」

膣内をいじられるよりも敏感に反応する、自分自身にシャーロットは驚いた。

「な、なにを……なさるのですか……っ」

動揺するシャーロットへの説明はない。興奮を伝えるように、ぷっくりと膨らんだクリトリスを、ウィリアムの指が撫でる。シャーロットの全身に強い刺激が走り抜けた。するると身体の中で熱いものが一気に湧き起こってきて、脳天まで突き上げるような快感が駆け上る。つま先までぴんと伸びて、膣内が蠕動《ぜんどう》した。

「ひゃああっ……ッ」

身体をがくがくと震わせて、甲高《かんだか》い嬌声を上げる。

舌を這わせていたウィリアムが、卑猥《ひわい》な水音を立てて蜜を啜《すす》り上げてしまう。

何度も蠢《うごめ》く内壁を感じるみたいに、彼の舌が膣内に沈む。大きく鼓動する媚肉を、愛しげに舌先で撫でてきた。

痙攣《けいれん》を続けていた身体が、次第に落ちついてくるのを見計らって、ウィリアムも恥部から顔を上げる。

「はあ……はあ……はあ……」

胸を大きく喘がせて呼吸を繰り返す。

いまのはなんだったの……と、半ば放心した脳内に疑問が浮かぶ。それがぽつりと声に出た。

「いまのは……なに……」

シャーロットの呟きに、ウィリアムが陰唇を愛しそうに撫でながら答える。

「達したのだろう」

「達する……ですか……」

「あなたの身体が、俺に感じてくれた証だ」

歓びを浮かべた声に告げられて胸が疼いた。

「とても……気持ち……よかったです……」

素直に言葉にすると、ウィリアムが苦笑する。

「素直なのは好ましいが……俺まで達してしまいそうだ」

そう言って、彼は潤《うる》んだ蜜壺の入り口へと指を潜りこませてきた。

その異物感は舌とは違い、やけに現実を意識させ、呆けていたシャーロットを覚醒させた。

「駄目っ……指を入れては駄目ですッ！」

彼の動きを止めようと陰部に手を伸ばすが、押しこまれた指を抜いてはもらえない。

「俺の妻になると言ったら、やめてやろう」

「それは……できませんと申し上げ——あああ……ッ」

シャーロットの言葉を遮《さえぎ》るように、ウィリアムが再び秘処へ舌を這わせ、花芽を吸い上げてきた。

「またっ、また達してしまいます……っ」

彼女の膣が痙攣して、ぷしゅぷしゅっと小さく潮を噴き上げた。

「俺の愛撫《あいぶ》にこれほど感じているのに……それでも、他の男のもとへ行くつもりか？」

「そんな……だって……わたしは………」

「俺を愛すると言ってくれ、シャーロット」

「ッ……」

言葉に詰まるシャーロットを、まるで懐柔でもするように、彼の舌や指が敏感なところに触れてくる。

花洞を舐めては、やわらかな内腿をいやらしく撫でてくる。花芽を舌先で甚振《いたぶ》られると、シャーロットの身体はびくびくと反応した。

「んん……あ……んん……そこは……駄目……感じすぎて……しまいます……」

「耐えきれないほど乱れてしまえば、なにもかも忘れられるぞ」

「ああんっ……おかしくなってしまいそう……」

はじめは蠢く舌を気味悪く感じていたのに、いまはそれも快感でしかない。内腿を這う舌の感触に鳥肌を立たせながらも、膣から愛液を滴《したた》らせてしまう。

指先に力が入らなくなり、徐々に思考が鈍っていく。このまま流されてしまいたい衝動を感じていると、膣の入り口を入ったところで留まっていた指が、さらに胎内へと入りこんできた。

「いやあ……っ」

内壁を傷つけないように、指がゆっくりと沈んでいく。ぞくぞくっと快感が走って背中が戦慄き、意識が飛びそうになった。

「さすがに狭いな……指一本ですら、なかなか入っていかない……」

困った様子で呟くウィリアムの声が、飛びかけたシャーロットの意識を戻した。

指が挿入されると、やけに性行為という現実を実感させる。胎内の強張《こわば》りを解すように内壁を押されて、冷や汗を覚えた。

（駄目……このままでは…………）

シャーロットの脳裏に、ウィリアムの感情的な声が蘇《よみが》ってくる。

迷いなく愛を紡いで腕を伸ばしてくる彼の想いは、まさしく激情と呼ぶに相応《ふさわ》しい。

抑制できない感情をぶつけられることに胸は高鳴ってしまうけれど、そのせいで制止の言葉がなかなか届いてくれない。そしてシャーロット自身も、そんな彼の感情に何度となく流されそうになってきた。

「ああ……早く、あなたと繋がりたい……」

昂《たかぶ》りを抑えきれない様子で、ウィリアムが声を震わせる。その声にすら胸が甘く疼いてしまい、シャーロットは恐怖した。

ここで防がなければ、彼を止められる自信がない。

シャーロットは焦燥《しょうそう》に駆られるように、これまで以上の拒絶を示した。

「ウィリアム様、もうここまでにしてください……。これ以上は、引き返せなくなってしまいます！」

シャーロットが言うと、ウィリアムの視線が上がった。

「俺にとっては、本望だ」

「ッ……！」

普段のやわからな光りを放つ緑色ではなく、彼の視線は強く鋭い。

ウィリアムの本気が見てとれて、シャーロットは青ざめた。

「それに、ここまできて止められるほど、俺はできた人間ではない」

ウィリアムが荒い呼気をついて告げてくる。欲情も露な彼の様子は、シャーロットを不安にさせた。

（だめ……処女だけは……絶対に守らなければ…………）

それがわかっているのに、ウィリアムの口づけを避けなかった。それどころか、彼に身を委ねてしまいそうにもなった。そんな自分が不甲斐ない。

「お許しくださいっ……どうか、処女だけは……！」

「そうか、処女が結婚の条件なのか」

「――ッ!!」

合点がいったと言いたげな口調で、指をさらに奥へと押し進めてくる。

「ああっ……ッ」

彼に止まる気がないことを知り、シャーロットは、どうしたらいいかわからなかった。

「ごめんなさい、お父様……お母様……ごめんなさい……」

震える声で両親への謝罪を口にすると、ウィリアムが下肢から顔を上げる。彼の麗《うるわ》しい顔にも動揺が広がっていた。

「泣かないでくれ、シャーロット……あなたを泣かせるつもりではなかった」

「ウィリアム……様……」

ウィリアムの手が、頬を伝うシャーロットの涙を拭ってくれる。

彼の手が、シャーロットの身体を引き上げるように腕を引いた。そのまま優しく抱き締められると、行為が止まってくれた安堵よりも、なぜか切なさが湧く。

（なぜ……こんなに胸が痛いの………）

愛する両親を守れたのだから、もっと嬉しく感じてもいいはずだ。それなのに心が張り裂けそうに痛い。

「結婚したくないと……他の男のもとへ行きたくないと、言ってくれ。俺ならば、必ずあなたを守れる」

「そ……れは………」

彼の声がまるで救いのように聞こえてしまう。このまま縋《すが》ってしまいたい衝動に、シャーロットの手が震えた。

「俺を愛すると言ってくれ……そうすれば、俺は迷わずあなたを奪う」

「わたし……わたしには……」

言えません、という一言が口をついて出ない。昨日までは言えた言葉が、なぜだか声にならなかった。

「愛してるシャーロット……どうか俺を選んでくれ……」

ウィリアムの愛情が胸を痛ませる。

彼の身体を抱き返したかったけれど、シャーロットはそれを必死に押し留めた。

(抱き返したら……戻れなくなってしまう……)

きつく手を握り締めて耐えるシャーロットを、ウィリアムはさらに強く抱き締めた。

第四章　愛しさと切なさの狭間で

「ごきげんよう、姫君」

午前中の早い時間、いつもならば朝食を食べ終わる頃合いに、ウィリアムがシャーロットの部屋を訪《たず》ねてきた。

片腕に抱えるほどの薔薇《ばら》を携えている。

「おはようございます……ウィリアム様」

シャーロットは上半身を起こしたベッドの中から、彼に挨拶《あいさつ》を向けた。

「熱があるそうだな」

笑顔で見下ろしてくる彼に、シャーロットは複雑そうに眉尻を下げた。

「いえ……熱ではないと、思うのですけれど……」

「だが、顔が赤いし、目も潤《うる》んでいるようだ」

「頭も痛くありませんし……ご飯もきちんといただきました」

それなのに、目覚めたシャーロットが『自前のドレスを』とお願いしたところ、メイドたちが『顔が赤い』『熱がある』と騒ぎはじめたのだ。

「うちの使用人は優秀だからな、なにも言わずとも対応してくれる」

ウィリアムは上機嫌で口角を上げた。

確かに少し気だるさはあったものの、それはウィリアムに与えられた行為が原因だろう。メイドにも体調不良ではないと伝えたのだが、熱のあるゲストを見逃したとあっては使用人の品格が問われると言い張り、ベッドへ戻されてしまった。

(なんだか、引き止められているみたいだわ……)

王都へ行くのを阻止されているように感じるのは、気のせいだろうか？

だが心配してくれるメイドに申し訳ない気持ちもあるし、自分が思っている以上に顔色が悪いのかもしれない。ひとまず午前中は休んで、午後に出立の旨《むね》を伝えてもいい。

今日こそと心を決めるシャーロットの前に、ウィリアムが薔薇を差し出してきた。

「朝摘みの薔薇を、あなたに」

情熱的な紅色のオールドローズが差し出される。

「これで元気になってくれるといいのだが」

「とても甘い香りですね……ありがとうございます」

ベルベットのような質感の花弁《はなびら》に、鼻を近づけて香りを嗅《か》ぐ。

しっとりとした甘い香りが、シャーロットの胸を満たした。

「さっそく飾らせていただきますね」

メイドに花を託《たく》すと、ウィリアムがベッドの端《はし》に腰かけてくる。

「昨日、土いじりなどしたせいで、疲れたのではないか？」

「いえ……ですが、楽しかったですよ」

幼い子供たちや村人たちとも触れ合えた。彼らが嵐で受けた被害にもめげず明るい表情をしていたのを見られたことが、なによりの収穫だ。

「それに思っていたほど、被害が少なくてよかったです」

シャーロットが考えていたほど、ひどい状況ではなかった。家畜小屋などの修繕もほとんど終わっていたし、家が壊れたということはない。残っていたのは、畑や庭などの草木だ。もしかしたら、街道の大木も処理されたのではなかろうか？　シャーロットは躊躇《ためら》いがちに唇を開いた。

「ウィリアム様……大木はまだ、処理されていないのでしょうか？」

彼に訊《き》くのは配慮がなかっただろうかと、気づいたのは訊《たず》ねたあとだ。

案の定、ウィリアムが眉間を険しく寄せる。

「報《しら》せはないから、まだなのだろう」

「そうですか……」

やはり迂回路《うかいろ》を行くことになりそうだ。あとで御者《ぎょしゃ》に伝えに行かないと。彼にも準備があるだろう。

午後の予定を考えていると、ウィリアムの顔が近づきシャーロットの顔に影を作った。

「迂回路を行くつもりか？」

「え？」

「あなたは顔に出るから、わかりやすい」

「っ……！」

おもわず頬を両手で覆ってしまう。それが肯定していることになると気づく前に、ウィリアムに唇を奪われた。

「んん……!?」

シャーロットが驚いて隙をついて、口内へ舌を割り込ませてくる。咄嗟《とっさ》に拒もうとして胸に手を宛がうが、逆に手首をとられてしまう。

そのままウィリアムが力をかけるようにして、シャーロットをベッドへ押し倒してきた。深く沈み込むシャーロットの上に覆いかぶさり、口づけを貪《むさぼ》ってくる。

「ま、待っ……んっ」

息継ぎの合間に制止を投げかけるが、すぐに舌が搦《から》めとられてしまう。

起き上がろうとしても、手首を掴まれ、体重をかけられているので力が入らない。

「おねが……んっ……ウィリ……あンっ……」

何度となく声を発するけれど、ひとつもきちんとした言葉にならない。

朝から濃厚な口づけが施されて、シャーロットは戸惑わずにいられなかった。

上顎をぞろりと舐められ、舌の上を撫《な》でるように這《は》ってくる。舌を絡ませて唾液を交わし合った。

ひとしきりキスを終えた頃には、シャーロットの身体はぐったりとベッドに沈んでいた。

大きく喘《あえ》がせる胸に、ウィリアムが顔を落とす。寝間着代わりのシュミーズを押し上げる乳首が、やんわりと食《は》まれた。

「ンンっ」

弱い雷に打たれたような、痺《しび》れを感じて身悶《みもだ》えする。

ウィリアムの手が手首を離れて、薄絹の上から乳房を揉んできた。

「ん……揉んでは駄目です……」

「摘《つ》まむのはいいのか？」

「摘まむのも駄——ああんっ……」

つんと尖《とが》った乳首を、親指と人差し指で挟み込んで力を加えてくる。

わずかな痛みに軽く胸を反らすと、彼の舌がシュミーズの上から乳頭を愛撫《あいぶ》してきた。

硬くしこった乳首を、舌先で転がしてくる。唾液が生地を透けさせ、シャーロットの淡い色の果実を浮かび上がらせた。

「いやらしい実が透けて、まるで誘っているみたいだ」

「ウィリアム様が……舐《な》めるからです……」

抗議を込めた口調に、ウィリアムが笑う。

「確かに透けさせたのは俺だが……誘うように乳首を立たせているのは、あなただろう？」

濡れて露《あらわ》な突起を、舌先で舐めてくる。

「あんっ……そ、それだって……ウィリアム様が舐めるから……」

「あなたの身体は、俺の愛撫に悦んでくれるのだな」

「ちが……あっ……」

ウィリアムに乳頭を嚙まれると、お腹の奥の方がじわりと熱くなった。

「駄目です、こんなこと……朝からなさるものではありません……」

小さく身悶えて、抗議の言葉を向ける。ウィリアムが小さな笑い声をこぼした。

「朝でなければ受け入れてもいいと、そう思ってくれるのだな」

「ち……違います、そういう意味では……っ」

慌てて否定するシャーロットの乳房を、ウィリアムの手がやわらかく揉み上げてくる。

「あはぁ……ん」

甘い喘ぎを漏らせば、ウィリアムが円を描くように乳房を揺らしながら呟《つぶや》く。

「あなたは、とても純粋で、たまにひどく無防備だ」

「ン……世間知らずと……おっしゃりたいのですか？」

頬をほんのり上気させて答えるシャーロットに、彼が口づけを落としてきた。

「心配をしているんだ。あなたの無防備さは、男を勘違いさせる。そんなものが他の男へ向けられたらと思うだけで……俺は嫉妬《しっと》で狂ってしまいそうだ」

真剣な眼差しに見下ろされて、シャーロットの鼓動がとくりと音を立てた。

ウィリアムの視線、声や仕草や言葉など、彼から注がれるものすべてに胸が熱くなってしまう。その想いが日に日に大きくなっていくのを、実感しているから怖い。

「もう……メイドが戻ってまいります……」

彼の行為を止めるために告げるが、ウィリアムの瞳が残念そうな色を浮かべた。

「言っている傍《そば》から……男は都合よく勘違いする生き物だと、覚えておくといい」

また妙な言い方をしてしまったのだろうか、と見上げる紫色を、閉じさせるように彼が瞼《まぶた》に口づけてくる。

「メイドならば戻らない」

「ですが、花を届けに戻っ——あンっ」

抗議するようにウィリアムが乳房を強く揉んでくる。胸を大きく反《そ》らせて喘ぐと、彼がぽつりと呟いた。

「彼女たちならば、もう出て行った」

「えっ⁉」

快感が吹き飛ぶほど驚いて瞼を開く。ウィリアムが視線を促すように、キャビネットへと顔を向ける。

彼に倣《なら》って視線を向ければ、白磁の陶器に活けられた薔薇がそこに飾られていた。

絶句するシャーロットの目の端に、部屋を出て行くメイドたちのうしろ姿が映る。たったいまそこにいた事実を知り、いっそう驚愕《きょうがく》した。

「み、み……見ら……見られ……」

胸を揉まれて喘ぐ姿を見られた。シャーロットの全身が真っ赤に染まった。

それだというのに、ウィリアムは平然とした顔でシャーロットの頬へ口づけてくる。

「彼女たちはプロフェッショナルだ、心配する必要はない」

そういう問題ではありません！　抗議しようとした唇が、口づけで塞がれた。

「ンッ……」

ショックから立ち直れないシャーロットを、宥《なだ》めるような優しいキスで触れてくる。

ふっくらとした唇の上を舌先がかすめ、誘うように開いた合わせからウィリアムの舌が侵入してきた。

震えて縮こまる舌を探られ、先端が軽く突つかれる。ぴくっと反応すれば舌先同士を遊ばせるように、円を描いたり突いたりされた。

そこから舌裏へと伝われ、ぞろりと舐め上げられる。快感とも悪寒ともしれない痺れを覚えて、顎と舌の付け根が強張る。

その強張りを解くみたいに舌先が根元を押し、彼の指先が頬や首筋に触れてきて、固くなったところを温めてくれた。

彼の昂《たかぶ》りを教えるような熱い指先が、シャーロットの肌を愛《いと》しげに撫でてくる。愛撫というよりは癒しを感じさせる感触が心地よくて、次第に身体から力が抜けていく。それは心まで浸透してきて、シャーロットを夢見心地の気分にさせた。

「あはぁ……」

恍惚《こうこつ》を滲《にじ》ませた吐息をこぼすのを聞き、ウィリアムの手が乳房をやわらかく揉んでくる。軽く喉を反らすように身悶えすれば、彼の口づけは少しだけ熱を増した。

優しく触れる舌が強く絡み付いてきて、お互いの唾液を分け合うように音を立たせる。

乳房を弄《もてあそ》ぶ彼の手も熱を帯びて、さらに大きく揉みしだいてきた。

円を描くように撫でては、すべての指を使って形を変えさせられる。親指の腹で先端をこねられると、強請《ねだ》るように突起を高くした。

「ああ……ん……」

乳首への愛撫に合わせて痙攣《けいれん》する。その敏感な身体を確かめるように、彼の手がリネンの中へと潜《もぐ》っていった。

華奢《きゃしゃ》な体躯《たいく》をなぞりながら、熱い手が下肢へと下りていく。昨日の行為を考えれば、彼の意図は明確だ。

早く……止めなくては――。

制止の言葉が頭を巡るのに、身体は言うことを聞いてくれない。それどころか彼の手を心待ちにするように、秘処が熱をもつ。

ぎゅっと閉じられた太腿が撫でられる。そのまま下りていった手が、シュミーズを捲《めく》って中へと潜り込んで素肌に触れてきた。

「ッ……」

ウィリアムの熱い手が、太腿を這い上がってくる。このままではいけないと思うのに止められない。

シャーロットが抵抗しなければ、ウィリアムはきっと最後まで止まらないのだろう。

彼とひとつになれるという現実は、ひどく幸福で抗い難い。

それでも、やはり受け入れるわけにはいかないと、シャーロットが口を開いたときだ。

ウィリアムがシャーロットの唇に指を宛がってくる。

「駄目と、言うのだろう？」

「は……はい……」

先回りして告げてくる彼に驚きつつも頷く。ウィリアムの顔に憂《うれ》いが浮かんだ。

「あなたの許しもなく、処女は散らさない。だから……抵抗はしないでくれ」

「ウィリアム……様？」

シャーロットが戸惑っている間に、太腿の付け根に空いた隙間へと指が滑りこんできた。

クリトリスが撫で上げられて、身体が跳ね上がる。

「あんっ」

さらに下にある潤《うる》みへと指が潜った。

「もうこんなに濡らしていたのか……嬉しいものだな」

「んん……」

少し触っただけでも掬《すく》い取れるほど、シャーロットの花洞は濡れている。さらにそこを弄られて快感に震えるが、シャーロットは戸惑いを捨てきれなかった。

（わたしは……それでいいの………？）

彼に惹《ひ》かれる想いや拒めない気持ち、触れ合えば戻れなくなりそうな恐れ、色々な思いが絡み合う中で、シャーロットをなにより迷わせるのは自身が嫁ぐ身ということだ。他の男性と性的な行為に及ぶなど、本来はあってはならない。

こんなことが男爵に知れたら、両親やハミルトン家の者たちが困る。

（きちんと……断らないといけない……のに………）

しかしシャーロットの迷いを捨てさせるように、ウィリアムがリネンを剝《は》ぎ取った。

シャーロットが慌てている間に、シュミーズまで脱がされて裸体にされてしまう。

「いやっ……！」

急いで身体を隠そうとしてリネンに手を伸ばすけれど、その前に彼の手がシャーロットの手首をとった。

「抵抗はなしと、言ったはずだ」

「なにも着けないなんて……恥ずかしいです……っ」

身を竦《すく》めてぎゅっと目を閉じる。ウィリアムの唇が耳朶《じだ》に触れた。

「羞恥心など、すぐに忘れさせてやる」

甘く囁《ささや》かれる声に、身体を震える。

耳朶に触れていた唇が首筋を辿って、鎖骨から乳房へと下りていく。たわわに実った果実を食むように、唇に乳房が含まれた。

「あっ……」

ぴくんと跳ねる身体をやわらかく押さえ付けてきて、手と唇で愛撫される。

シュミーズの上からじっくりと愛撫された乳首は、固く尖ったままだ。そこを優しく舐められ、時には軽く甚振《いたぶ》られた。

「あん……んっ……」

やんわりと噛まれると、身体が大きく反応する。

それに合わせてウィリアムの手が下肢へと下りた。

「脚を開いてくれないか」

「あ、脚……ですか？」

「ああ、ゆっくりで構わないから……開いて」

「わたしが……自分で……？」

怯《おび》えた目で見上げるシャーロットとは違い、ウィリアムは期待と欲情を滲ませた瞳で見つめてくる。

「あなたが、俺のために脚を開いてくれれば嬉しい」

「ウィリアム様の……ため……」

「ああ、俺のために」

ウィリアムのためと言われると、断ろうとしていた返事が出てこなくなった。だが自ら脚を開くなんて、ペティコートやドレスに覆われていたって恥ずかしいのに、たとえリネンの中で見えないとはいえ恥ずかしい。

「いいえ……やはり……そのような、はしたないことは…………」

羞恥心には勝てなくて言うと、彼は請うように額に口づけてくる。

「ならばいまだけ……俺の妻になってくれないか？」

「ウィリアム様の……妻に……？」

どういうことかと問う瞳で見上げれば、眦《まなじり》にキスが触れた。

「妻ならば……夫から請われたことは、できるだろう？」

彼の言葉は、まるで甘美な誘惑だ。胸の内側で、とろりとした蜜が溢れ出るような甘さを感じた。

「い……いくらなんでも……冗談が……過ぎます……」

甘い蜜が全身に回る感覚を覚えながらも断りの言葉を吐くと、ウィリアムが憂いを含んだ声で願う。

「頼む、シャーロット……振りをするだけでいい……」

胸がきゅっと引き絞られるような、切ない声だった。

決して許されないのをわかっていても、受け入れてしまいたくなる。なにより、一瞬でも彼の妻になれるという思いが、シャーロットにさらなる甘美を与えた。

(応えては……いけない……のに……)

拒む意思に反して唇が動いた。

「約束を……守ってくださいますか？」

処女は散らさないと、彼は言った。シャーロットの問いかけに、ウィリアムが頷いてくれる。

「決して、あなたを裏切ることはしない」

緑色の瞳の中に、深い意志が宿っているように見えた。それでも迷う気持ちは棄《す》てられなかったけれど、迷い以上に彼に対する想いがシャーロットの唇を開かせた。

「わかり……ました。いまだけ……ウィリアム様の……妻に……」

「ああ、愛しいシャーロット……いまだけ、あなたは俺の妻だ……」

深く口づけてくる唇に応える。蕩《とろ》けそうなほど、心地よい感情が胸を満たした。

「脚を……開いてくれるか」

「は……はい」

いまは彼の妻なのだから……と、自らに言い聞かせ、羞恥心と戦いつつ両脚に力を入れる。少しずつ脚を開いていくけれど、恥ずかしくて目を開けていられない。そんな彼女の恥じらいを、ウィリアムは愛しげに見つめた。

「こ……これくらいで、よろしいですか？」

拳が三つ並んで入るほどの隙間に、ウィリアムが小さく笑む。

「もっと、開いて見せてくれ」

「っ……はい……」

さらに脚を広げていき、先ほどの倍は開いたところで、陰部に指が触れた。

「あああ……っ」

瞳を開けて、喉を反らせるようにして喘ぐ。ウィリアムの声が耳朶をくすぐった。

「真っ赤な顔で頑張るあなたは、本当に可愛《かわい》らしい……」

「う……くん……」

濡れた割れ目にそって、指がこすりつけられる。

撫でさするように、指が上下に動かされた。

「まだ蕾《つぼみ》であるのに、俺が舐めなくても充分に濡れているな」

「んっ……ウィリアム様の指が……気持ちよく、してくださるから……」

紫色の瞳を潤ませた表情で言えば、ウィリアムが声を詰まらせて、眉間を苦しげに寄せた。

「本当に性質《たち》が悪い……」

短く呟いた彼の指が、陰唇を離れる。

「あ……」

離れてしまった指に切ない声をもらすと、ウィリアムのキスが唇に触れた。

「もっと堪能してからと思っていたのに……俺の方がもちそうにない」

「もう……終わり……なのですか？」

寂《さび》しいような物足りないような気分で訊ねれば、シャーロットの身体がひっくり返された。

「あまり可愛らしいことを言わない方がいい、俺を付け上がらせるだけだ」

「えっ？」

うつ伏せにさせられて腰を引き寄せられる。まるで獣のような格好をさせられてシャーロットは慌てた。

「い、いやですっ……こんな格好……っ」

恥ずかしいと訴えるが、彼は意地悪そうに笑う。

「抵抗はしないでくれと言ったはずだ」

「そうですが……っ、こんな……犬みたいな格好なんて………」

「あなたの濡れた花園がよく見えて、俺は嫌いではないな」

からかうように言ってくるウィリアムに、シャーロットは小さく首を竦める。

「でも……これでは、お顔が見えません………」

心許《こころもと》ない気分を伝えると、背後でウィリアムが深々と溜息を落とした。

「どうしてそう……俺を煽《あお》るようなことばかり言うのだな、あなたは」

「煽ってなど……いませんっ」

背後を窺《うかが》うように顔を向ける。ウィリアムが背中に覆いかぶさってきた。

「充分すぎるほど煽られている」

可愛らしいリップ音を立ててキスが触れる。しかしシャーロットの意識は、下肢に押し付けられた熱いものへと奪われた。

「ウィリアム……様……あの……なにか……硬い……ものが………」

言葉につかえながら言えば、彼の唇がシャーロットの頬を撫ぜる。

「あなたの中に、入れたいと思っているものだ」

「ッ……！」

びくんっと大きく身体を震わせてシャーロットは言葉を失くす。怯えるように身体を震わすシャーロットにウィリアムが慎重に告げてくる。

「約束は守る、だからあなたも、素直に感じてほしい」

そう言ってから、彼は耳朶を離れて下肢に移動する。

ウィリアムが硬く怒張したものを、秘処に宛がってくる。

「脚を閉じてくれ、シャーロット」

言われるまま脚を閉じて、シャーロットは恐る恐る自身の下肢を覗《のぞ》き込んだ。

きっちりと揃えられた両脚の間から、反り返ったグロテスクなものが覗いている。

「いやあッ……」

初めて見る男性器に悲鳴を上げ、慌ててベッドを這い上がろうとリネンを掴む。だがしっかりと腰を掴まれて、逃がしてはもらえなかった。

「は、離してください……っ、そのようなものを押し付けられては困ります……ッ」

「そのような、とは……ひどい。あなたへの愛が、俺をこのようにさせるのに」

笑みを含んだ声で言い、彼がゆっくりと腰を引く。

硬く太いものが、敏感になった花弁を刺激した。

「ふああ……っ」

ぞぞぞっと悪寒が背筋を這い上がる。胃が引きつるような気持ち悪さを感じたが、次に腰が突き入れられると、そこに快楽が混じった。

二度、三度、同様に動かれる。膣から溢れる愛液の助けを受けて、熱いものが股の間を行き来した。

そのたびに胸がざわめき、媚肉を疼《うず》かせる。悪寒はいつしか快楽にとって変わった。

「んっ……気持ち……いい……」

切なげに身を震わせ、喉を反らせて喘ぐ。

ウィリアムの先端から溢《あふ》れた液体が、糸を引いてリネンへと滴《した》った。

「あなたの喘ぎ声は、まるで媚薬だ……聞くだけで、達してしまいそうになる」

恍惚を浮かべた声を発する彼の方こそ、シャーロットにとっては媚薬だ。

「わたしも……達してしまいそうです……」

ウィリアムが前後に腰を動かすたび、陰唇だけでなくクリトリスが擦れて敏感に反応してしまう。

たまに亀頭で押し上げられたりすると、身体の深いところが鼓動するように疼いてしまう。

「はあっ……ああっ……もう……わたし……」

「一度いっておいた方がいいだろう」

ウィリアムの身体が背中から覆いかぶさってくる。

上半身をきっちり着込んだままの彼は、秘部に手を伸ばしてきて花芽を摘まんだ。途端に強い快感が襲ってきて、シャーロットを戦慄かせた。

「ああっ……だめっ……だめです、いってしまいますっ……」

脚に力が入って、切羽詰まった声を上げる。マグマのように沸き起こるそれが、最高潮まで高まり弾けた。

「ひゃああ……ッ」

悲鳴にも似た甲高い声で啼《な》き、身体を硬直させる。

膣内が引き絞られるように収縮するのに続いて、内壁が蠕動《ぜんどう》した。

膣から溢れ出てた液体が、ウィリアムの陰茎をしとどに濡らす。とろりとした粘液が太腿を伝い、リネンに卑猥《ひわい》な染みを作った。

「あ……あ……」

絶頂の快感に酔いしれるシャーロットの背中へと、口づけが落とされる。その唇にさえ膣が敏感に蠢《うごめ》いた。

「愛しいシャーロット……早く俺のものになってくれ……」

想いを紡ぎながらウィリアムが止めていた腰の動きを再開させる。

シャーロットの細腰を撫でながら、腰を前後に振ってくる。

揺すられるたびに円を描く乳房が、背後から鷲掴みにされた。

腰を突き出してくる際に、彼は膣の入り口を太いもので押してくる。

「お約束……したではありませんか……っ」

「わかっている……だがよく滑るものだから、間違って入ってしまうかもしれない」

濡れた花弁を押し開くように、亀頭がぐぐっと力を入れてくる。

「駄目っ……入ってきては駄目です……っ」

嫌がるように腰を揺らせば、男根がさらに膨張した。

「つ……わかっているシャーロット……だから、そう煽らないでくれ」

切羽詰まった声で訴え、大きな手がシャーロットの腰を抱え直す。

「もう、いかせてくれ」

ウィリアムが性急な様子で腰を突き入れてくる。

「あっ、あっ……んっ、ウィリアム……様っ……ああっ」

「あなたも、一緒に」

ペニスの先端が何度となくクリトリスを擦ってくる。

先ほど達したときと同じ熱が、シャーロットの胎内で急激に高まっていった。

「ウィリアム様……っ、もうわたしっ……いってしまいます……っ」

「ああ、俺も出すぞ」

いっそう激しく腰を振ってくるウィリアムに、シャーロットの膣が収縮する。頭の中でなにかが弾けるような音を聞いた気がした。

「あああッ……ウィリアム様あ……ッ」

悲鳴混じりの声を上げて、内腿をぎゅうっときつく閉じて痙攣する。

背後で息を殺す声が聞こえた。次の瞬間、男根が強く脈動した。

シャーロットの乳房に、びしゃっと音を立てて熱い液体が放たれる。青臭い匂いが鼻についた。

ウィリアムは二度、三度と液体を放ち、乳房を濡らす。

長い射精を終えたウィリアムが、汗ばんだ背中を撫でてくる。股から男根がゆっくりと引き抜かれ、彼の手がシャーロットの身体を反転させた。

頬を薔薇色に上気させ、甘く潤んだ瞳で、ウィリアムを見上げる。

いまだ情欲を称えた眼差しで見つめてくる彼が、そっと唇を近づけてくる。

瞳を閉じてキスを受け入れると、胸いっぱいに幸福が満ちた。

これまで感じたことがない、穏やかで満ち足りた気分だ。どれだけ抑えようとしても湧き上がってくる想いに、シャーロットはとうとう名前をつけた。

(わたし……ウィリアム様に恋をしているのだわ……)

すると、それまで抑圧してきた想いが大きく膨らんだ。

シャーロットはたまらず彼の首へと腕を伸ばす。引き寄せるように絡ませると、応えるようにウィリアムの口づけが激しくなった。

まるで行為の再開を思わせる性急さで、ウィリアムが口づけを交わしてくる。

「愛している……愛しているシャーロット……愛している、愛している」

その単語しか知らないように何度も想いを紡ぐ。

「ウィリアム……様……」

名前を呼び返すと、彼の腕がきつく抱き締めてくる。

「あなたが愛しくて胸が張り裂けてしまいそうだ……！　俺を愛すると言ってくれ……どうか、俺を愛していると言ってくれ！」

「っ……」

ウィリアムから向けられる情熱に、歓びで胸が震える。

彼の想いに応えてしまいたい。なにもかもすべてを棄《す》てて、ウィリアムと共に生きていきたい……。

そんな衝動がシャーロットの唇を開かせようとするけれど、悲しげな顔で送り出してくれた両親を想うと、言葉は喉をついて出なかった。

（嫁ぐと決めたのは、わたしだもの……受け入れていいはずがないわ…………）

身勝手な恋情のために、大事な家族や家を棄てるわけにはいかない。

娘を想って男爵との結婚に反対してくれた両親を、守りたいと思ったからこそ、この身を呈《てい》することも厭《いと》わなかった。

決してウィリアムの想いを受け入れてはいけないのだと、自らに言い聞かせる。

こんなことならば、恋に気づかなければよかった。

どうしてもっと早く出逢えなかったのだろうと、切ない想いに涙がこぼれそうになる。

それをぐっと喉の奥で耐えて、改めて唇を開いた。

「ごめんなさい……ウィリアム様……」

「ッ……」

ウィリアムが奥歯を噛み締め、息を詰まらせる。まるで血を吐くような、悔しさを滲ませた声が呟いた。

「ペイトン男爵に、殺意すら覚える……」

「ウィリアム様……」

「こんなひどい感情……どう収めればいいのかわからない……」

苦しみを訴えてくるウィリアムに、シャーロットこそ胸が張り裂けそうだった。

どうにか彼の苦しみを取り除きたくても、その原因を生み出しているのはシャーロット自身であることが、さらに切なかった。

（わたしが……いつまでも留《とど》まっているのがいけないのだわ………）

お互いに苦しみしか生まない関係だと思い知らされ、ウィリアムの首に絡ませていた腕を解く。

「シャーロット……？」

ウィリアムが顔を上げて、怪訝《けげん》そうな表情で見下ろしてくる。

彼の眼差しを受け止める勇気がなくて、ウィリアムの想いから逃げるように、シャーロットは長い睫毛《まつげ》を伏せた。

「少し……疲れたみたいです…………休ませていただけますか……」

ウィリアムからはすぐに返事が返ってこない。なにか言いたげな雰囲気だけが伝わってくるが、なにも言わないまま彼は頷いてくれた。

「ああ……ゆっくり休むといい」

シャーロットの髪をやわらかく梳《す》いて、頬に口づけを落としてくる。

労わりと優しさと、愛しさのこもった仕草に、鼻の奥がつんと痛んだ。

ウィリアムの体温が離れて行くのを引き留めたい衝動に駆られながら、シャーロットは瞼《まぶた》を閉じた。

遠ざかって行く彼の気配に、眦を涙が伝い落ちていった。

昼食前にベッドから起き出したシャーロットは、男爵から遣わされた御者を探すため部屋を出た。

厩舎《きゅうしゃ》へ向かおうと階段を降りたところで、かすれた声に呼び止められる。

「お嬢様、ちょっとよろしいですか？」

階段の陰から小さな身体をこそりと現したのは、探していた人物だ。

「ちょうどよかったです、わたしも探しに行こうと思っていました」

シャーロットが言うと、御者が声を潜めろと言いたげに唇の前に人差し指を立てる。

「俺がお嬢様に会ってるのが知れたら、なにされるかわかったもんじゃねぇ」

「どういうことですか？」

理由を訊ねると、御者は辺りをきょろきょろと見渡し、人がいないことを確かめるとネズミ顔をしかめた。

「ここの奴ら、俺とお嬢様を会わせねぇようにしてやがる」

「なぜですか？」

なぜそのように思ったのかを問えば、彼は唾棄《だき》でもしそうな口調で言った。

「お嬢様に話があるって言っても、あいつらは『忙しい』だの『出かけている』だのと言いやがる」

「それは、本当だと思います。昨日はわたし、出かけていましたし……」

嘘ではないと否定したが、御者はフンと鼻を鳴らす。

「帰ってきたら教えてほしいって言ったたって、一向に連絡がこねぇ。わざとに違いねぇ」

クロムウェル家の者に見つかったら防害されるとでも思っているのだろう。だからコソコソと隠れて会いに来た。

そうして御者は独自の考えに辿《たど》り着いたようだ。

「ここの主が、お嬢様を足止めしてやがる」

「街道が通れないのだから、わざわざ足止めする必要はないと思いますけど……」

シャーロットが言うと、男がやれやれと言わんばかりに首を振る。

「その話だって、本当かどうかわからねぇ」

「どうしてですか？」

「木をどけるだけに、三日もかかるはずがねぇ」

「それは他にも被害があって、皆も忙しいからではないかしら？」

実際、ベイル村の人たちは被害の修繕に当たっていた。道が通れるようになれば、さすがにウィリアムだって教えてくれるだろう。

しかし御者は、シャーロットの意見を否定してくる。

「何度か見に行こうとしたけど、ここの連中はそのたびに引き止めてきやがる。それどころか邸《やしき》から出してもらえねぇ」

「危ないからですよ」

昨日ベイル村を訪れる際も、途中の木が折れていたり轍《わだち》に水が溜まっていたりしていた。

危険とまでは言わないが、ゲストの従者に対する配慮ではないだろうか。

だが御者は苛立《いらだ》たしげに声を上げた。

「そんな甘い考えだから、付けこまれるんだ！」

「きゃっ」

突然大きな声を上げられて、思わず悲鳴が漏れる。通りかかったメイドが、シャーロットと御者の姿を見つけて慌ててやってきた。

御者が舌打ちをし、早口で話をまとめる。

「どうにか抜け出して、確認してきますぜ」

それだけ言うと、御者は逃げるようにその場を去る。近寄ってきたメイドが、心配の言葉を紡いだ。

「大丈夫でしたか、シャーロット様？」

「ええ……ありがとう」

「なんですか、あの失礼な御者は」

メイドが御者の去って行った方向を睨《にら》む。

使用人としてあってはならない態度だという彼女の不満を聞きながら、シャーロットは御者の言葉に頭を巡らせた。

大木を取り除くのに三日かかっているという話が、はたして長いのか短いのか、シャーロットに判断はできない。

しかしそれよりも、クロムウェル家で世話になってから、三日も経ってしまったことを改めて思い出す。

誰のせいでもないとはいえ、御者が苛立つのはわかる気がした。彼にしてみれば、一日も早く王都に辿り着きたいだろう。

何度となく出立を考えながらも、今日まで御者に会おうとしなかった。そのことを彼の言葉で気づかされ、シャーロットは愕然《がくぜん》とする。

（わたし……ずるいことをしていたのね………）

道が通れないという理由を盾に、現実から逃げていたのかもしれない。

このままでは道が開通するより早く、シャーロットの心が恋慕に負けてしまいそうだ。

一刻も早く出立した方がよさそうだ。シャーロットは御者を追いかけようとしたが、メイドが急いで止める。

「御者に用事でしたら呼んでまいります。シャーロット様は、部屋でお待ちください」

「でも……」

「シャーロット様になにかあっては、わたしが叱《しか》られてしまいます」

「そうね……お願いします」

シャーロットが頷き、メイドに促されるまま部屋へと戻った。


夜の帳《とばり》が降りた窓の外に目をやり、シャーロットは小さく嘆息した。

「せっかく心を決めたのに……」

膝の上には自前のドレスを抱えている。

いつでも出立できるようにと用意してもらったものだが、自前のドレスを持ってきてもらうだけで随分《ずいぶん》と渋られた。

『両親の想いがこもったドレスなの』

そう伝えて、ようやく持ってきてもらえたくらいだ。御者の話を聞いたあとでは、メイドたちの態度に違和感を覚えてしまう。

そのメイドは御者を呼んできてくれると言ったが、彼の所在がわからないと言う。もしかしたら、あのまま邸内を出てしまったのかもしれない。

せっかく出立の準備をしても、御者がいなくては話にならない。

シャーロットが途方《とほう》に暮れていると、ウィリアムが部屋を訪れた。

「眠る前に、ワインをどうだろう？」

応接間の方に用意してあると誘ってくる。

就寝の時間にはまだ少しあるが、今朝のことを思うと彼との接触が躊躇われた。

(これ以上お傍にいたら、わたし……きっと引き返せなくなってしまうわ………)

恋情を認めてからというもの、彼に対する想いが募るばかりだ。

こんな状態で触れ合ったら、今度こそ理性を棄てて彼に縋ってしまいそう。だからこそ午後のお茶も夕食も部屋で取らせてもらったのに、ここで彼の誘いに頷いていいはずがない。

だがもしかしたら、これがウィリアムと過ごす最後かもしれない。そう思うとどうしても断りきれない。

恋情と理性との狭間で葛藤するシャーロットに、彼が告げてくる。

「俺が心配ならば、誰か傍に置いてもいい」

「いいえ……心配など……」

「あなたを困らせることは、しないと約束する」

なかなか頷かないシャーロットの心情を察した様子で言ってくれる。

彼にここまで言わせておいて、断ることなどシャーロットにはできなかった。

「ふたりきりでも、平気ですよ。ワインは、あまり飲めませんけど……」

嫌いではないが、グラスに二杯も飲めば眠くなってくる。

「ああ、付き合ってくれるだけで構わない」

シャーロットが返事をすると、ウィリアムは嬉しそうに笑ってくれる。

彼の笑顔を見るだけで胸が熱くなり、シャーロットの顔にも自然と笑顔が浮かんだ。

ふたりで階下へと移動する。応接間では、メイドがすでにテーブルを整えていた。

華奢《きゃしゃ》な四本の脚に支えられた丸テーブル上に、磨かれた透明のグラスと、ワインが入った水差しが置かれている。

テーブルを整えると、ウィリアムがメイドたちを下がらせた。

「スコットがいるときは付き合わせるのだが、生憎《あいにく》まだ帰ってこない」

そろそろのはずなのだが……。そう呟きつつ、彼が椅子をすすめてくる。

ウィリアムにお礼を伝えてから、シャーロットは首を傾げた。

「大事なご用でしたよね？」

「ああ、俺にとっては一生に一度の問題だ」

それは随分と重大な用件だ。こんなところで待っていていいのだろうか？

シャーロットの心配は、ウィリアム本人から説明された。

「帰ってくれれば、たとえ夜中でも報せがくる」

「それならば、安心ですね」

どこにいても誰といても、必ず報せが届くのならば安心だ。

こぽこぽと音を立ててワインがグラスに注がれる。ランプの明かりを受けてきらきらと輝くグラスの中で、深紅の液体が揺れた。

「スコットの持ってくる報せが、俺の望むものであることを祈ってくれ」

グラスを掲げるウィリアムに、シャーロットも同じように掲げる。

「ウィリアム様のご幸運を、お祈りして」

頷くように軽く頭を下げ、ふたり揃ってグラスに口をつけた。

芳醇《ほうじゅん》で繊細な香りが、口から鼻へと抜けていく。独特の渋味と酸味のある味わいだが、とても豊かで官能的だ。

「あなたの口に合うだろうか?」

「こんなに美味しいワインは、初めてです」

「百年ものなので好みが分かれるのだが……俺が一番好んでいるワインだ。気に入ってもらえれば嬉しい」

「そのような貴重なワインを、いただいてよかったのですか?」

シャーロットのように、精通していない者に振る舞うには勿体ない代物だ。だがウィリアムは顔を綻《ほころ》ばせる。

「だからこそ、あなたに振る舞っている」

彼の言葉に込められた意味に気づいて、頬が一気に火照《ほて》った。

「あの……ありがとうございます」

早くもアルコールが回ったのかと思いたくなるくらい、シャーロットの胸が高鳴る。

恥らうシャーロットを見て、ウィリアムの眦が甘く下がった。

「あなたは、本当に愛らしい」

「か、からかわないでください……」

「からかってなどいない、心から愛しくてならない」

彼は出逢って以来、惜しげもなく恋慕を表してくれるけれど、今夜はさらに饒舌《じょうぜつ》に感じられた。

「俺にとって、あなたは初恋なんだ」

「え……？」

「俺は、恋とは無縁なのだと思っていた」

スコットが持ち帰る報せに、よほど心を躍らせているのか、又は緊張しているのか……彼は自らを語り聞かせてた。

「どれほど華やかなご婦人を見ても、美しい姫君を見ても、これまで心を動かされたことがない」

恋ならばシャーロットだって、彼と出逢うまで知らなかった。特別なことではないと思うも、家からほとんど出たことがないシャーロットと、社交界を知っているウィリアムとは、天と地の差があることを思い直す。

「俺には人並みの情が、授けられなかったのだろう」

「そんなこと……ないと思います……」

ただ相手に出逢えなかっただけ……。シャーロットの言葉に、ウィリアムも頷いてくれた。

「ああ、こうして恋をしているのだから、俺にも人並みの情があったということだ」

ウィリアムが、少しだけ照れを滲ませて笑う。

「あなたに出逢って、俺の世界は変わった。その想いがどんどん膨らんでいって……胸が張り裂けてしまいそうなほど大きく育ったのに、いまもまだ……成長を続けている。あなたを見るたび、俺は何度も恋に落ちてしまう」

歓びを伝えてくるやわらかい眼差しに、シャーロットの鼓動が甘く胸を打つ。いますぐにでも、彼の胸に飛びこんでしまいたい。そんな衝動すら愛《いと》おしく思えてしまう。

「出逢った瞬間に世界が変わるという話は、本当にあるのだな」

シャーロット自身もウィリアムと出逢った瞬間に、世界が輝いて見えた。あのときすでに恋をしていたのだろうと、いまになれば思う。

「わたしも、同じ思いです」

甘く濡れた瞳で見つめるシャーロットを、彼は愛しげに見つめる。だが、その瞳は次第にものへと変わった。

「だからこそ、俺はあなたを諦めない」

「ウィリアム様……」

「最後に、あなたを裏切ることになろうと……俺は、諦めるつもりはない」

怖いくらい真剣な眼差しを寄越される。

シャーロットが結婚するとわかっても、受け入れられないと拒んでも、それでも諦めないと言ってくれる。その恋情に歓びを覚えながらも、応えられない悲しみと切なさに心が震えた。

（せめて……想いを伝えられたら………）

だが、想いは通じ合っていても結婚はできない。そう聞かされて、彼はいったいどう思うのだろう。

シャーロット自身も、想いを告げれば未練になりそうで、声にはできなかった。

「ウィリアム様のお言葉は……わたしには勿体ないほどです……」

切ない想いに眉根を弱く寄せると、ウィリアムが一度躊躇ってから口を開いた。

「なにも問題がなければ……あなたは、俺の妻になってくれたのだろうか？」

彼の問いに頷きそうになって、シャーロットはぐっと言葉を呑《の》みこんだ。

たとえ仮定の話であっても、頷いてはいけない、未練が残るだけ。そう思うのに、彼の妻になりたかったと望む気持ちが次から次へと湧いてくる。

それを胸の深くに閉じこめようとするシャーロットに、ウィリアムがもう一度言葉を重ねてきた。

「結婚の話がなければ……あなたは、俺のプロポーズを受けたか？」

ウィリアムの真剣な瞳に見つめられれば、想いを止められることなどできなかった。

「はい……お受けいたします」

彼の願いに応えられただけで、歓びが全身を包む。

想いを伝えられることが、これほど幸せなものだとは知らなかった。

（好き……ウィリアム様を……愛しています………）

心の中で恋情を繰り返すと、さらに歓びで胸がいっぱいになった。

瞳を甘く潤ませるシャーロットに、ウィリアムの表情も歓びを浮かべてくれる。膝の上に置いたシャーロットの手が、包みこむように握られた。

「ありがとうシャーロット、その言葉が聞けてよかった」

熱の籠《こも》った彼の唇が、指先に口づけを落としてくる。

愛しさに満ちた眼差しや口元に浮かぶ笑みが、彼の歓びを伝えてくれた。

ウィリアムの幸せそうな表情を見て、シャーロットもさらに歓びを覚えた。

だがその幸せも、少しずつ悲しみへと取って変わっていく。まるでシャボンの泡がひとつずつ消えてなくなるように、現実を思い出させた。

（なぜ応えてしまったの……奇跡でも起きない限り、無理だというのに………）

幸せを知った分、苦しみも大きいというのを初めて知る。

これまで以上に悲しい思いが襲ってきて、胸をずきずきと激しく痛ませた。

湧き起こる切なさが、シャーロットの視界を滲ませる。

「シャーロット？」

ウィリアムが驚いた表情で見つめてきた。

泣き顔など見せたら、彼を困らせてしまうだろう。だが浮かんでくる涙が止まらない。

「どうしたのだ？」

抱き締めようとしてウィリアムが手を伸ばしてくる。しかしシャーロットはその腕から逃れて、急いで席を立ち上がった。

「ウィリアム様のお気持ちは……とても嬉しいです……」

「シャーロット？」

「ですがもう、引き返せないのです……っ」

いま彼に抱き締められたら、きっとなにもかも投げ出してしまう。すべてを棄ててもいいと、恋情が訴えてくる。

（駄目っ、絶対に駄目よっ……お父様とお母様を、裏切ることはできない……っ）

それでも彼を想う気持ちはは止まってくれず、苦しみが拭えない。

その想いを吐き出すように、シャーロットは告げた。

「もっと早く……お会いできればよかったのに…………！」

退室の許可も得ないまま、シャーロットは駆け出す。

「シャーロット……っ！」

慌てたウィリアムの声が、引き止めるように呼んだ。

それでも止まらなかったシャーロットは、応接間を出たところで誰かとぶつかった。

「おっと……シャーロット様？」

咄嗟に受け止めた相手を見上げれば、スコットだった。ウィリアムの用事を終えて帰宅したのだろう。

だが声をかけることも、ぶつかったのを詫びることもできないまま、スコットの手からも逃れて部屋を出る。

「待ってくれ、シャーロット……ッ！」

焦燥《しょうそう》を浮かばせるウィリアムの声を振り切って、階段を上がって部屋へと駆け込む。

倒れ込むようにソファへと顔を埋めると、堰《せき》を切ったように涙が湧いた。

「なぜ……あのようなことを言ってしまったの……辛くなっただけだわ……」

彼の想いに応えた瞬間の幸せとは真逆の、悲しみが止まらない。

胸が痛くて、呼吸さえ止まりそうな想いに、シャーロットは嗚咽《おえつ》を止められなかった。

第五章　月夜に交わした約束

夜空には、煌々《こうこう》と輝く白銀の月が浮かんでいた。

窓辺から見上げて、シャーロットはそっと溜息を落とす。

(もう……これ以上は留《とど》まれない………)

ウィリアムへの想いを自覚し、彼の想いに応えられて、シャーロットの中でなにかが変わってしまった。

それまで抑えられた想いが、止めようとしても胸から溢《あふ》れ出てしまう。

このまま彼の傍《そば》にいれば、本当に取り返しがつかなくなる。

「もう……終わりにしなくては………」

何度となく考えてきたが、もうこれ以上彼の傍には留まれない。

切ない溜息を再びこぼして、ガラスに身体を預ける。すると小さな音を立てて扉が開く音がした。

ハッとしてドアの方へ視線を向ける。ベッドへ歩み寄ろうとしたウィリアムが、少し驚いた表情で足を止めた。

「まだ、起きていたのか」

「ウィリアム様……？」

驚いて見つめていると、彼も窓辺へ近寄ってくる。

「夜中に訪問するなど、不躾《ぶしつけ》を許してくれ」

「なにか、あったのですか？」

シャーロットがそう訊《たず》ねた理由は、彼がきっちりとジャケットを着込んでいたからだ。

応接間でワインを嗜《たしな》んだとき、ウィリアムはシャツとベストに、トラウザーズという軽装だった。

シャーロットの問いかけに、ウィリアムが頷く。

「急用ができたので、出かけてくる」

「いまからですか？」

真夜中だとわかっていても、窓の外へと目を向けてしまう。驚く表情を再びウィリアムに戻すと、彼が応接間でのことを詫《わ》びてくる。

「先ほどは、あなたを泣かせてしまって、すまなかった……」

「いいえ、わたしが……っ、わたしこそ……醜態を晒《さら》してしまいました……」

申し訳ありません。謝罪するシャーロットに、彼は首を振った。

「いや、泣いたあなたを追いかけもせず……申し訳なかった」

許してほしい。お互いに謝り合うと、胸につかえていたものがすっとなくなる。

軽くなった気持ちに笑みが込み上げてきて、シャーロットが小さく笑う。

「泣いた顔など恥ずかしいので、忘れてくださいね」

「忘れない」

冗談めかして言うシャーロットとは反対に、ウィリアムはひどく真剣な眼差しを向けてきた。

「あなたの表情を、匂いを、感触を、俺はひとつ足りと忘れない」

「ウィリアム様……」

「あなたが先ほど言ってくれた言葉も、決して忘れてはいない」

シャーロットも、ウィリアムの言葉を忘れはしない。

だがそれに応えれば、また辛くなるだけだ。シャーロットが口を閉ざしていると、彼は願いを告げてきた。

「俺はこれから急いで出かけるが、あなたには、俺が戻るのを待っていてほしい」

「え……」

出立の決意を引き止めるように、ウィリアムが手をとる。

「急いで戻って来る。だからそれまで、ここで待っていてくれないか」

「ですが……」

たとえウィリアムが傍にいなくとも、これ以上留まることはできない。男爵の方もそろそろ痺《しび》れを切らすだろう。だから御者が戻って来たら、すぐにでも発つつもりでいた。

ウィリアムの手が、少しだけ力を加えてくる。

「二日……いや一日でいい。頼むから、俺の帰りを待っていてくれ」

真剣な声音で告げてられて、戸惑わずにはいられない。

これまでの数日を思えば、あと一日や二日くらいなら……と思う気持ちが湧いてくるものの、ここで頷《うなず》けば、出立するタイミングをきっとまた逃してしまう。

（そうよ………もう、お別れすると決めたはずよ………）

自分自身に告げてみるものの、断りの言葉を向けることも、首を横に振ることもできずにいる。

これ以上男爵を待たせるわけにはいかないだろうし、ウィリアムと過ごす時間が長くなればなるほど、別れの時がつらくなる。

だから断ることが賢明だと、わかっているのに……。

「頼む、シャーロット」

ウィリアムから向けられる真剣な眼差しを、シャーロットは拒むことができなかった。

「わかりました、お待ちしております」

シャーロット自身も、別れ際に彼の顔を見て挨拶《あいさつ》ができないのは悲しい。

しっかり頷《うなず》くと、ウィリアムの表情に安堵《あんど》が広がる。

「ありがとう、シャーロット」

喜びを隠せない様子で、ウィリアムが抱き締めてくる。シャーロットは躊躇《ためら》いつつも彼のジャケットを摑んだ。

ウィリアムの顔がそっと傾き、口づけを求めてくる。いけないと思う意思とは逆に、シャーロットの瞼《まぶた》が降りる。

唇をしっとりと重ね合えば、胸が甘く震えた。

「愛している……シャーロット……」

ウィリアムが囁くように想いを綴《つづ》り、啄《ついば》むように、お互いの唇をやんわりと食《は》む。

この数日で何度となく唇を重ね合わせたけれど、これほど穏やかな気持ちで受けた口づけは、なかったように思う。

いつもならば、このまま深く口づけてくるだろうウィリアムが、名残惜しげにゆっくりと唇を離す。彼は緑色の瞳に、かすかな激情を揺らした。

「俺が戻るまで、どうか待っていてくれ」

念を押すように告げる彼は、まるで一瞬でも目を離すことを不安に感じているようだった。

だからシャーロットは安心してもらえるように、しっかりと告げた。

「お戻りなるのを、ここで待っています」

シャーロットの言葉に、ウィリアムが深く頷いた。


昨夜遅く、ウィリアムは急用があると言って出かけていった。

どこへ行くとも、どのような用事があるとも教えられていない。一日から二日かかるような距離だと、そう遠くはないのだろう。

朝食を持ってやってきたメイドに、シャーロットは何気なく問いかけた。

「あの……ウィリアム様は、お出かけになったのよね？」

「はい、昨夜遅くに、お出かけになりました」

「どちらへ行かれたの？」

一日、二日で戻ると言っていたけれど、どこへ行ったのか問う。だがメイドは曖昧《あいまい》に言葉を濁した。

「ええと……わたくし共も、詳しくは聞いておりません」

「そう……」

多少違和感は残るものの、追求できる立場にもない。

早く戻って来てほしい気持ちが、シャーロットに切ない息をつかせる。それを見たメイドたちが慰めるように言ってきた。

「主は、一刻も早くシャーロット様のもとへ戻って来られるようにと、馬で向かわれたのですよ」

「シャーロット様のために、急いで戻ってまいります」

ウィリアムのことを教えてくれるのは嬉しいけれど、その口ぶりが少し気になってしまう。

「あの……それではまるで、ウィリアム様がわたしのことを好きだと……知っているみたいな……」

たどたどしく伝えると、メイドたちがぴたりと動きを止め、揃って首を傾《かし》げる。

「もしかして……知って……いるの？」

シャーロットが問いを重ねれば、弾かれた様子でメイドたちが口々に喋《しゃべ》りはじめた。

「なにをおっしゃっているのですか、シャーロット様！　いまさらでございます！」

「主があれほどご執心《しゅうしん》なのです、言われずとも気づきます！」

「そう……なの……？」

一緒にいることも多いし、恥ずかしいところも見られているけれど、恋情まで知られているとは思わなかった。

驚くシャーロットに、メイドたちが逆に怪訝《けげん》な顔をする。

「主と愛し合っておられるから……あの……そういう行為をされているのでは……」

下世話な話と知りつつも気になる……と言った顔で、訊ねてくる彼女たちに、シャーロットは視線を落とした。

「ウィリアム様とはそうでも……………愛情がなくとも、行える方はいるもの……」

シャーロットの処女だけを求める男爵のような人もいる。

顔を曇らせるシャーロットに、メイドたちもなにか察しているのだろう。彼女たちは殊更《ことさら》明るい声で言った。

「では、主と結ばれると相思相愛ですね！」

「え……？」

「主はシャーロット様を、とても大事にされてますもの、大丈夫ですよ！」

なにが大丈夫なのかしら……と思ったが、メイドたちは朝食を促してくる。

「今日は一日、シャーロット様のお相手をするように仰《おお》せつかってます」

「なんなりとお申し付けください」

「ありがとう」

お礼を言ってから、サンドウィッチを食む。食事をしながらも、脳裏では昨日の昼以降から見かけない、御者の姿が思い浮かんだ。

「あの……男爵様の……いえ、わたしと一緒に来た御者は、見かけませんでしたか？」

彼に強く出られたら、たとえ身分はシャーロットの方が上でも断りきれない。

所在を訊ねるも、彼女たちは思い出したように首を傾げた。

「そういえば、見ませんね。どこへ行ったのでしょう？」

「まさか……事故に遭《あ》ったわけでは……」

「シャーロット様は、心当たりがあるのですか？」

心配事を漏らしたシャーロットに、メイドが訊ねてくる。言うべきか迷いながらも、事故を懸念して行き先を告げた。

「街道の大木がどうなっているのか、見に行くと言っていました……」

シャーロットが答えると、メイドたちが途端《とたん》に顔色を青くする。

「そ、それは大変なことに……」

彼女たちの顔色に、シャーロットは慌てた。

「やはり危険だったのね……！　止めたのだけれど、姿がないということは……おそらく見に行ったと思います」

本当に事故に遭っているのではないか……。心配するシャーロットにメイドたちが落ち着かない様子を見せる。

「シャーロット様……申し訳ありません、すぐに戻ってまいりますので……」

「え、ええ……」

メイドのひとりが急いで部屋を出て行く。

残ったメイドも落ち着かない様子だったのが、ひどく気になった。

クロムウェル家の庭に植えられた広葉樹が赤く色づいた葉を、はらはらと大地へと落とす。周りには紅い花弁《はなびら》のフクシアやベゴニアなど、嵐にも負けず生き残った花々が咲いていた。

「まだぬかるんでいるので、お気をつけください」

供を買って出たメイドに促されながら、広い庭を散策する。

「早く……ウィリアム様が戻って来ないかしら……」

ぽつりと呟《つぶや》いたそのとき、遠くでわーっと騒ぐ男たちの声がした。

そちらへ目を向けると、厩舎《きゅうしゃ》から馬が数頭走り出てくるのが見えた。

地鳴りが聞こえるくらい、馬たちが猛然と庭を駆け回る。それを追ってクロムウェル家の御者たちが右往左往しながら、走り回っていた。

「シャーロット様、こちらへ！」

メイドと共に木の陰に隠れて、しばらく騒ぎをやり過ごす。馬も人もいなくなってホッと安堵の息がこぼれた。

「いまのは、なんだったのかしら……」

「尋常ではない様子でしたね」

シャーロットの呟きにメイドも呆然と呟く。

確かに馬たちは慌てた様子だった。クロムウェル家の御者たちが急いで追いかけたが捕まえられず、結局彼らは馬を追って敷地から出てしまったのだ。

「門が開いているなんて……珍しい」

開きっぱなしの門に、メイドが首を傾げる。だが嵐の日もクロムウェル家の門は開いていた。

「壊れているのではないかしら？　嵐の日、わたしたちもお邪魔できたのだし……」

シャーロットが言うとメイドが頭を振る。

「いいえ、嵐の日はわざと開けておいたのです」

「わざと、ですか？」

「主が、『助けを求める人が立ち寄れるように』と言ったのです。だからシャーロット様がいらっしゃったとき、わたし密かに感動しておりました」

門扉《もんぴ》が開いていなければ、立ち往生しているシャーロットたちに、誰も気づかなかっただろう。

（まるで、ウィリアム様との出逢いが必然だったみたいだわ……）

人知の及ばない力が働いたような、そんな感動をシャーロットも味わった。もしかしたらウィリアムも、同じことを思ってくれたかもしれない。

「巡り合わせって、本当にあるのですね」

「そうね、本当に……そうだわ」

メイドの言葉にシャーロットも賛同する。

もしウィリアムと出逢えていなかったら、シャーロットは恋を知らないまま嫁いでいた。

もしかしたら、のちに社交界で出逢えたかもしれないけれど……そのときにシャーロットはもう人妻だっただろう。

「わたし……絶対に忘れないわ」

ウィリアムが戻って来れば、今度こそお別れだろう。それでも彼のことは、すべて胸に刻んで行く。

シャーロットが胸に手を宛がうと、メイドが落ち着かない様子を見せた。

「やはり門が開いているなど、おかしいです」

「そのせいで馬も出て行ってしまったのですものね……」

「シャーロット様、お部屋に戻りましょう。なにか変です」

懸念を示すメイドに疑問を抱きながらも、彼女の言う通り邸内へ戻ろうと踵《きびす》を返す。

しかし振り返って、シャーロットとメイドはふたり同時に悲鳴を上げた。

「キャアッ!!」

いつ忍び寄ったのか、ふたりの背後にネズミ顔の御者がいた。

「び、びっくりしたわ……驚かせないでください……」

シャーロットが胸を撫《な》で下ろすと、御者が渋面を浮かべる。

「お嬢様、急いで王都に向かいますぜ」

「え……？　では……道が通れるようになっていたのですか？」

残念という思いが隠せないシャーロットに、メイドが悲鳴じみた声を上げた。

「シャーロット様……ッ！　ここは一度、お部屋に戻りましょう！」

「え、ええ……」

メイドの迫力に押されるように頷くが、御者がふたりの前に立ちはだかった。

「また邸に閉じこめようとしたって、そうはいかねぇぜ！」

「閉じこめるなんて、人聞きの悪い……！」

御者が目つきも悪く睨《にら》みつけると、メイドは負けじと立ち向かう。

「知ってるんだぜ、本当は大木なんてなかったって」

「ッ――!!」

御者から指摘されたメイドが、瞬時に息を呑《の》んだ。

「大木が……なかった？」

シャーロットが呟くと、メイドは慌てた様子で言い募ってくる。

「違います……っ、ありました！　道が通れなかったのも事実です！」

「数人で持ち上げれば動いたそうじゃねぇか！　翌日には通れたって、村の連中に確認してあるんだ！」

「お、大きな木には違いありません！」

ふたりの会話に狼狽《うろた》えずにいられない。なにか行き違いや誤解があるようだ。

「おふたり共、落ち着いて……っ」

シャーロットが間に入って言うと、御者が悪態をついた。

「姑息《こそく》な真似をしやがって」

「助けてくださった方に、そのような言い方をするものではないわ……っ」

「ここの主は大嘘つきだ！」

「ウィリアム様を、悪く言わないでください……！」

御者の言葉に、さすがにシャーロットも黙っていられなかった。語気を強くして言い返すと、御者がますます顔を歪《ゆが》ませる。

「そんなこと言っていいんですかい、俺が一言ここでのことを言えば、男爵様だって黙ってませんぜ」

「どういう……意味ですか……」

「お嬢様たちが温室でなにをしていたか、知ってるんだ」

「っ……！」

御者の言葉に息を呑む。まさか見られていたとは気づかなかった。羞恥心なのか恐怖なのかわからない震えが、シャーロットを襲う。

「男爵様がこのことを知ったら、どうなりますかねぇ」

「どう、とは……」

「さすがに借金の話は、なくなるんじゃねぇですかい」

「ッ…………!?」

驚くシャーロットに御者がにやりと笑う。

「だからほら、急いで王都へ向かいますぜ！」

「で、ですが……わたし……ウィリアム様とお約束が…………っ」

実家のことを考えれば抵抗すべきでない。シャーロットにもわかってはいたけれど、懇願してくるウィリアムが頭から離れない。

(待っていると……約束したのだもの……！)

最後になるかもしれないウィリアムと約束だけは、どうしても守りたかった。

「お願いですっ、二日っ……いいえ一日でいいので時間をください……っ！」

シャーロットは懇願するが、御者はぴしゃりと言い放ってくる。

「どれだけ男爵様を待たせれば気が済むんだ！」

「お待たせしているのはわかっていますっ……ですが一日だけ、せめてウィリアム様のお帰りまで……っ、お願いします……っ！」

なんとか時間を稼ぎたいと思う気持ちから言い訳を募ったが、御者はネズミのような顔をしかめた。

「馬を逃がしてせっかく隙を作ったんだ、ごねてねぇで、さっさとしてくださせぇ！」

馬が慌てて逃げて行ったのは、どうやら御者の仕業だったようだ。御者がおもむろに腕を摑んできた。

「いやっ……！」

「シャーロット様を、お離しなさい！」

メイドが果敢《かかん》にも止めに入ってくれたけれど、御者の手に振り払われてしまう。

「どけ！」

「きゃっ……！」

突き飛ばされたメイドが、バランスを崩して転倒してしまう。

「なんてことをするのっ、ひどいわ……！」

メイドに駆け寄ろうとするも、そうはさせるかと言わんばかりの力で、シャーロットの腕が引かれる。

「待って……っ、せめて彼女の手当てを……！」

ぐいぐいと引っ張る御者に何度も頼むけれど、彼は聞く耳を持たなかった。

「男爵様は怖いお方だ、足止めされていたと知れたら、ここにも制裁のひとつやふたつあるかもしれねぇ」

「そんな……クロムウェルの方を巻き込まないでください…………っ」

「黙っていてほしかったら、さっさと馬車に乗ってくだせぇ！」

車庫の前には、すでに出発の準備を整えた馬車が待機している。

迷いながらもシャーロットがステップを上がると、突き飛ばされるように車の中へ押しこまれた。

そこへ背中からのしかかるようにして、御者に手首をとられる。

「な、なにをなさるのですか……っ!?」

驚いて激しく抵抗を試みるが、紐のようなもので後ろ手に両手を括《くく》られてしまう。

「こっちは金がかかってんだ、王都までおとなしくしてもらうぜ」

口の中に布を押しこまれ、さらに上から布で覆われてしまった。

「んんうーっ!!」

声すら出せなくなったシャーロットを座席に転がしたまま、ドアが閉められる。御者が馬を打つ声と共に、馬車が動きはじめた。

メイドの悲鳴のような声がシャーロットの名前を呼んだけれど、横たわった体勢からその姿は見えない。狭い視界から見えたのは、クロムウェル家の飾り門にあしらわれたリーフだった。

(このまま……ウィリアム様とお別れになってしまうの……!?)

まるで追手にでも追われているように、御者が限界まで速度を上げる。がたがたと不穏な軋《きし》み音を立てる車体の中で、シャーロットの身体は何度も跳ねた。

座席から落ちそうになりながらも、手首の紐を解《ほど》こうと必死にもがくが、ちっとも外れない。このまま連れ去られる恐怖に、身体が震える。

(ごめんなさい……ウィリアム様……)

シャーロットは心の中で、ただ謝ることしかできなかった。

第六章　穢された花嫁衣裳

窓から射しこむ陽射《ひざ》しが、車内をオレンジ色に染める。

馬車の速度がゆるやかになり、窓からわずかに見えた石垣に、シャーロットは王都に到着したことを知った。

王都には、第一から第三の城門が存在する。戦《いくさ》が頻繁《ひんぱん》にあった時代の名残りで、いまは石垣が残るだけだが、各所に王立警察が管轄《かんかつ》する門番が立っていた。

貴族や資産家が多く住まう地域に入る手前の、第三の城門以外は、基本的に通行は自由となっている。

第一の城門を抜けると、外から聞こえてくる声が格段に多くなった。笑い声や挨拶《あいさつ》を交わす声、子供のはしゃぐ声が聞こえる。

だが誰もシャーロットの存在には気づかない。まさか馬車の中に、縛られた上に猿轡《さるぐつわ》を嚙まされた少女がいるなど、誰も思わないだろう。

ゆっくりと進む馬車は、第二の城門を抜けて行く。

男爵もおそらく、第三の城門の内側に住んでいるはず。

(どうやって通り抜ける気なの……)

あたかも拉致《らち》してきた様相を見せるシャーロットを見れば、門番だって真意を訊《たず》ねてくるだろう。いくら男爵家の使いといえども、簡単には通してもらえないはずだ。

すると馬車がぴたりと動きを止める。

ドアが開いて御者が車の中へ入ってきた。

「お嬢様、いまから猿轡と拘束を解《ほど》きますが、おとなしくしててくださいよ。騒いで困るのは、お嬢様の方ですぜ」

「っ……!」

クロムウェル家で見たことを言うぞ、と言外に匂わされ、シャーロットは青ざめた。

「いいですかい、外しますよ」

御者の手によって猿轡が外される。息苦しさから解放されて大きく呼吸をすると、手首も同様に解放された。

「くれぐれも、余計な真似しねぇでくださいよ」

助けを求めたくとも、求められないことは、シャーロットもわかっている。

御者の言葉をすべて信じたわけではないが、男爵を怒らせれば少なくともハミルトン家は終わる。その上クロムウェル家にまで、迷惑をかけるわけにはいかない。

「わかり……ました……」

シャーロットが頷くと、彼は御者台へと戻り馬を走らせる。

街中をさらに奥へと進んで行くと、第三の城門が見えてきた。

「ペイトン男爵様の使いです」

御者が言うと、門番が馬車に刻まれた紋章を確認し、ドアを開けてシャーロットを見上げてくる。

「ごきげんよう、お嬢様」

なにも知らない門番が声をかけてくる。

「……ごきげんよう」

かろうじて挨拶を返すと、門番が問いかけてきた。

「なにか、お困りのことはございませんか？」

挨拶が不自然だったのだろうか、それとも顔色でも悪かったのだろうか。まるで探るように言われて、シャーロットの唇が震えた。

助けを求めたい気持ちが胸をよぎる。この場から逃げ出したい衝動に駆られた。

（いま……声を上げれば、ウィリアム様に…………）

もしかしたら、もう一度会えるのではないか……。

恋しい想いがシャーロットに夢を見せかけたが、この恋情がどれだけの人に迷惑をかけるか考えれば、心のままに声は上げられなかった。

「いいえ、ありがとうございます」

小さく口角を上げれば、門番も頷く。

「そうですか、お気をつけて」

門番の許しを得て、御者が再び馬車を走らせる。見送る門番に後ろ髪を引かれたのは否《いな》めなかった。


ペイトン男爵の邸は、王宮を中心に見て東側の大通りから少し外れた場所にあった。

周囲には立派な邸宅が多く軒《のき》を連《つら》ねる。その中にあって男爵の家はひときわ大きく、フラットな白壁が目立つ邸宅だった。

玄関前に止められた馬車から降ろされると、すぐに執事が姿を現す。

「随分《ずいぶん》と遅かったたな、旦那様がご立腹だ」

「いやあ、すいません。途中でちょっとトラブルがありまして……」

玄関ホールへと促されるのを拒む術は、シャーロットにはない。

「トラブル?」

「へぇ、実は厄介な男に捕まっちまいまして」

執事に問い返された御者が口を開く。その言葉を聞いてシャーロットは驚愕《きようがく》した。御者の言葉は、まるでウィリアムのことを言っているように聞こえたからだ。

「ち、違います……っ、嵐に遭《あ》って、道が通れなかっただけです！」

彼の存在を隠したいという気持ちから、シャーロットは急いで言い訳をする。

（ウィリアム様のことは言わないで……っ）

懇願の瞳で御者に訴えるが、彼はもともと黙っているつもりもなかったのか、シャーロットの視線をあっさりと無視をした。

「その男っていうのが、お嬢様にちょっかいを出しましてね」

「下世話な言い方を、なさらないでください……っ」

御者の目にどう映ったのかは知らないが、ウィリアムとシャーロットのふたりにとっては真剣だった。

戯《たわむ》れのように言われたくなくて反論するシャーロットに、執事が眉を顰《ひそ》めながら訊ねる。

「どういうことです？」

「その男っていうのが、お嬢様を気に入っちまったらしいんですよ。そのせいで邸に閉じこめられちまって、ようやく逃げ出したってわけです」

「お世話になった方に、ひどい言い方をなさらないで……っ」

シャーロットが言い返すと、声を聞きつけた様子で男爵が姿を現した。

「これはこれは、シャーロット嬢。ようやく到着しましたか」

男爵は頬骨のこけたやせ気味の顔で、神経質な様子を漂わせる。笑っていても冷酷さを感じさせる黒い目が、緊張に固まったシャーロットを舐《な》めるように見回した。

「少し見ない間に、ますますお美しくなられたな」

男爵が喉の奥でくつくつと笑う。獲物を前にした蛇《へび》のような雰囲気に、シャーロットの肌が恐怖で粟立《あわだ》った。

この人の妻にはなるのだと思うと怖くて、改めて逃げ出したくなる。先ほど門番に助けを求めなかったことに、後悔が湧いてくるほどだ。

全身を強張らせたまま立ち尽くすシャーロットを、男爵は愉悦《ゆえつ》を浮かばせて見つめてきた。サディストの目にシャーロットが小さく震えていると、執事が男爵に声をかける。

「旦那様、実は――」

「なんだ？」

御者から聞いた話を、執事が簡潔に話して聞かせる。男爵が不快そうに目を細めた。

「その男に、肌を触れさせたわけではないだろうな」

「ッ……」

男爵からの問いかけに、シャーロットは息を呑《の》む。ウィリアムの手が肌に触れたのは事実だ。

「それが……」

意味深に答えたのは、シャーロット自身ではなく御者だ。男爵がいっそう目を細めた。

「まさか、処女を喪失したわけではあるまいな?」

「いいえっ、それだけは……っ! それだけは……大切に……」

最後の一線だけは超えなかったことを、伝える声の語尾が小さく消えてなくなる。

(ウィリアム様に捧げられたら、よかったのに………)

大切な初めてだからこそ、ウィリアムにもらってほしかった。

あれほど強い想いを向けられて、それを嬉しいと思う気持ちがあったのに、結ばれることは許されなかった。それればかりか約束も守れず、別れを言うことすら叶わずに終わってしまった。

せめてもう一度だけ会いたい。きちんと別れを告げたい。そうすれば、美しい想い出として、終わらせることができたかもしれない……。

小さく震えて俯《うつむ》くシャーロットに、男爵の神経質そうな声が向けられた。

「ならば処女かどうか、いますぐ確かめてやろう」

「え……」

驚いて顔を上げると、酷薄そうな目が見下ろしてくる。

「清純そうな顔をしているのに、とんだ誤算だ」

シャーロットの腕を捻《ひね》り上げるようにして引く、小さく悲鳴を上げると、男爵の手がさらにきつくなった。

「よく磨いて、支度をさせろ」

男爵の命令に執事が頷《うなず》き、遠巻きに見守っていたメイドを呼び寄せる。

メイドに囲まれたシャーロットは階上へと促され、あらかじめ用意されていたらしい部屋に通された。

あっという間にお風呂の準備が整えられて、シャーロットは有無を言わさずメイドに剝《む》かれてしまう。そのときになって、両親が用意してくれたドレスを着ていないことに気づいた。

(せっかく……お父様とお母様がくださったドレスなのに………)

あのドレスはシャーロットにとって、覚悟の現れでもある。身に着けてこなかったことが、さらに心細くさせた。

家のため両親のため、自分にできることをしようと決めたはずなのに、いまはちっとも覚悟が湧いてこない。

(怖い……助けて……助けて……ウィリアム様………っ)

いくら助けを求めたところで、ウィリアムが現れるはずがない。それでも彼を求めずにはいられなかった。

純白のドレスにはフリルやレースがふんだんに使われている。婚礼衣装と思《おぼ》しきドレスを身に纏《まと》ったシャーロットの顔色は、ひどく青ざめていた。

ドレスの中に、コルセットと幾重にも重ねられたペティコート、百合《ゆり》の刺繍《ししゅう》が施されたストッキングに青いガーターリングを身に着けている。

身に着けたものはすべて上質なものだが、心は少しも動かない。男爵の寝室へ向かう足取りもひどく重くて、いまにも止まってしまいそうだ。

（止まっては駄目よ……わたしは自分で嫁ぐと決めたのだもの…………！）

何度となく自分に言い聞かせるが、いまにも足は止まってしまいそうになる。そんなシャーロットを見張るように、メイドが前後に付いて歩く。

寝室に辿《たど》り着くと、シャツとトラウザーズ姿の男爵がすでに待っていた。

「やはり純白のドレスはいいものだ」

シャーロットを送り届けると、使用人は心得た様子で無言のまま下がる。

ふたりきりになった途端、恐怖で身体が震え、足が竦《すく》んだ。

「あなたの恐怖に怯《おび》えた表情は、絶品だな」

男爵の筋張った手が頬に触れてくる。表情を強張らせるシャーロットに、男爵が薄く笑った。

「さあ、こちらへ。初夜を終えれば、ハミルトン家も安泰ですよ」

「は……はい……」

恐怖と緊張から身体が震えてしまう。だが男爵は手を貸してくれるでもなく、たどたどしいシャーロットを見て楽しむばかりだ。

心配してくれているだろう両親を思い浮かべつつベッドに入り、言われるまま仰向けに横になる。すると、男爵がシャーロットのドレスの上から身体の線をなぞってきた。

「ッ……！」

蛇に這われているみたいな手つきで、背筋に悪寒が走る。恐怖と嫌悪感に胃が引きつり胃液がせり上がってくる気がした。

咄嗟《とっさ》に抵抗の手が出そうになったけれど、それをぐっと耐えた。

(抵抗しては駄目……お父様やお母様のため……ハミルトン家のためだもの…………)

抗いたい気持ちを抑えていると、男爵の手が胸元にかかる。

恐怖心があまりに強くて目を瞑《つむ》ることすらできないでいるシャーロットの目の前に、男爵が突然ナイフを取り出して見せる。

およそ行為に関係のないものに、シャーロットの身体がぶるぶると大きく震えた。

「そ……そのようなもの……どう……される……のですか…………」

真っ青な顔で訊ねると、男爵がにやりと笑う。

「こうするのだよ、お嬢さん」

揶揄《やゆ》するように言って、ドレスの胸元をナイフで切り裂いた。

「キャアッ……なにを……なさるのですか……ッ」

びりびりびりと音を立てて絹やレースが切られる。これまでにない恐怖心に襲われ、耐えきれずにシャーロットは逃げ出そうとした。

「逃げても無駄だ、ここへは誰もやってこない」

シャーロットを捕まえようと手が伸ばされる。背後からドレスを引っ張られ、音を立ててさらに布が裂けた。

「やめて……っ、やめてください……っ！」

露《あらわ》になったコルセットにも構わず、さらに逃げようとするシャーロットの肩を、男爵の手が押さえこんでくる。ベッドに縫い止められた身体に体重をかけられ、身動きがとれない。

背中でぶちぶちっと音がして、コルセットが一気に緩んだ。

「いやあッ……！」

パニックになってもがくシャーロットの身体が反転させられる。露になった乳房を見て、男爵がにたりと笑った。

「ほお、思っていた以上に豊満な身体だ」

乳房が鷲掴みにされ、強い力で揉まれる。

「ッ……いた……い……」

恐れと痛みで涙がぼろぼろと溢《あふ》れてきた。嗚咽《おえつ》すら漏らすシャーロットに、しかし男爵の方はますます興奮するばかりだ。

「恐れ戦《おのの》く姿が、なんとも愛らしい」

恐怖で引きつる表情を見ながら、男爵の手がスカートにかかる。

ペティコートをたくしあげてこようとするから、シャーロットは男爵を押し返した。

「やめて……怖いです………っ」

必死に押し返すが、男爵の身体はびくともしない。その抵抗にすら興奮するのか、男爵はぎらついた目でシャーロットを見下ろした。

「いま入れてやるから、待っていろ」

「えっ……」

トラウザーズの前立てを寛《くつろ》がせて、いきり立った男根を取り出す。男爵の手が膝裏に手が入れられ、両脚が抱えられた。

愛撫《あいぶ》もなしに挿入しようとしているのがわかって、シャーロットは家のことも両親のことも忘れて、激しく抵抗した。

「いやっ、やめて……っ、やめてください……ッ、入りません……ッ」

「すぐに慣れる、女とはそういうものだ」

「無理ですっ……お願い、やめてください……ッ!」

暴れるシャーロットにてこずりながらも、興奮を隠せない男爵の様子に、シャーロットは悲鳴混じりに叫んだ。

「いやあっ……ウィリアム様……っ、助けて……ウィリアム様……ッ」

怖くてどうしようもなくて、幾度となくウィリアムに助けを求める。

男爵が忌々《いまいま》しげに舌を打った。

「処女のくせに他の男の名を呼ぶとは……腹立たしい！」

「ウィリアム様……ッ！」

太腿が強い力で摑まれ、腰が進められる。

いままさに膣《ちつ》に陰茎が宛がわれそうになったときだ——寝室のドアがバン！　と派手な音を立てて開かれた。

「シャーロットッ!!」

金髪を乱し、現われた姿に、シャーロットは目を瞠《みは》った。

「ウィリアム……様……？」

助けを求めた人物が本当に来てくれた。幻でも見ているような思いで見つめていると、ウィリアムが緑色の瞳に怒りを漲《みなぎ》らせる。

「ペイトン男爵、いつまで俺の妻の上にいるつもりだ」

ウィリアムから放たれる鋭い眼光と、呼吸が止まりそうなほどの強烈な威圧感が、辺りを包む。

驚いて動きを止めていた男爵がハッとした様子で、シャーロットの上から急いで退《しりぞ》き声を上げた。

「ウィ、ウィリアム様……!?」

男爵は慌ててベッドから降りると身なりを整え、敬礼でもするように直立不動する。

シャーロットに、ウィリアムが駆け寄ってきた。

「大丈夫か、シャーロット?」

「ウィリアム……様……」

彼は自らの上着を脱いで着せかけてくれる。ウィリアムの名前を再び呟くと、強い力で抱き締めてくれた。

「遅くなってすまない、無事でよかった」

温かい腕に包まれて、これが現実なのだとようやく実感する。

恐怖に駆られた涙は安堵《あんど》の涙に変わり、シャーロットの目から止めどなく溢れ出た。

「ウィリアム様……ウィリアム様…………」

ウィリアムを抱き返すと、彼はシャーロットのすべてを包みこむように、抱き締めてくれる。

「もう心配しなくていい、なにも心配しなくていいんだ」

ウィリアムの優しい声に、シャーロットは嗚咽をこぼす。

愛しむように頭や背中を撫でてくれるウィリアムは、シャーロットが落ち着くのを待って男爵へと声を向けた。

「ペイトン男爵、あなたがハミルトン家を陥《おとしい》れようとしたことは、すでに露見している」

陥れるとは？　不思議に思いウィリアムを見上げるシャーロットとは違い、男爵は慌てた様子で声を上げる。

「な……なんの話をされているのか……私にはさっぱり………」

男爵がやけに畏《かしこ》まった様子で、大げさなくらい首を振って見せる。

ウィリアムは、これまで見たことないほどに冷めた視線で男爵を見据《みす》えた。

「あなたが懇意にしている商人が、すべて自白した。ハミルトン家に渡った請求書や借用書のほとんどが、金額が不当に水増しされたものであったそうだな」

「それは商人が勝手にやっていたことで、わたしに関わりはございません……っ」

「ああ、はじめは商人とハミルトン家の執事による詐欺《さぎ》だ」

はじめは？　とシャーロットが首を傾げつつウィリアムの話に耳を傾ける。

「商人は伯爵家の土地を欲しがり、執事は女に入れこんで金が欲しかった。ふたりで共謀して金と土地を搾取しようとたくらみ、品質の悪い種を売り付け、働かない農夫を雇ったそうだ」

「そんな……」

では、穀物が育たなかったのは当然ということなのだろうか……。

「心根のまっすぐな伯爵は、長年仕えた執事を全面的に信じたゆえに、騙《だま》されてしまったようだな」

ハミルトン家の実情まで知っているウィリアムに、シャーロットは、ただただ驚くことしかできなかった。

「ふたりを仲介したのは、男爵、あなたyou だそうだな」

「な、なぜわたしが……っ、商人はともかく、ハミルトン家の執事など……」

「ああ、言い忘れたが、ハミルトン家の執事もすでに捕《とら》えてある」

「ッ……！」

どこかへ姿を消してしまった執事を、いったいどこで捕えたというのだろう……。聞きたいことはたくさんあったが、シャーロットが口を挟む間もなく、ウィリアムの追及が続いた。

「あなたが、ハミルトン家の執事とどう知り合ったか……よりも、あなたが執事をそそのかしたということが問題だ」

「うちの執事も……もしかして、騙されていたのですか？」

思わず口を挟むと、ウィリアムが労わりの眼差しで頷いてくれる。

「そのようだ。罪を働いたことに、変わりないがな」

それでも裏切られたことに相応の理由があったのは、少しだけ心を軽くしてくれた。

そんなシャーロットの安堵《あんど》を感じ取ったように、ウィリアムが一度だけ肩を撫でてくれる。

そしてまた彼は、男爵への追及へと戻った。

「あなたも、はじめは金が目的だったかもしれない。いや、ハミルトン家が所有する美術品だろうか……」

執事によって持ち去られた家宝があることを思い出す。

「だが執事を介して、商人から聞いたのだろう？　ハミルトン家に未婚の美しい娘がいると。一緒に彼女も手に入れようと考え、借金を肩代わりすることにした」

ウィリアムの語尾に、かすかな怒りが窺えた。それを察したのか男爵が慌てて言い訳を募ってくる。

「む、娘がいることくらい……誰でも知っていることでは………」

「少なくとも、俺は知らなかった。ハミルトン伯爵は、あまり社交界へおいでにならないからな」

「そう……でしたか………ですが、わたしが加担していたという事実はございませんでしょう」

男爵が冷や汗を浮かばせながら言う。それに反してウィリアムは淡々と語った。

「あなたが思うほど、商人も愚かではなかったようだ。男爵家の紋章が入った封蝋《ふうろう》と指示書と供述を引き換えに、減刑を求めてきた。手紙は棄《す》てろという指示は、届かなかったようだな」

「ッ……!!」

男爵が息を呑んで顔色を青くする。しかし男爵はぶるぶると震えながらも、さらに言い放ってきた。

「た、たとえそうであったとしても、ハミルトン伯爵が借金をしたのは事実……肩代わりする代償に彼女を貰い受けたのも、事実のはず……！」

「ああ、そのようだ。だからいま、ハミルトン伯爵が返済額を持参して、こちらへ向かっている」

「えっ？」

驚きの声を上げたのは、シャーロットだった。

「お父様が……」

どういうことだろうと困惑する。たとえ騙されていたと言っても、ハミルトン家に借金を返せるだけの余裕はないはずだ。それほどの余裕はないはずなのに、どういうことなのか……。

不安と心配で戸惑うシャーロットを代弁するように、男爵が声高に言った。

「ハミルトン家に、そこまでの余力はないはずだ！」

悪あがきとも取れる男爵の言葉を、ウィリアムは淡々と受け止めた。

「余力ならばある。俺が、ハミルトン家に投資をしたのだから」

「え……？」

二度驚くシャーロットに向けて、ウィリアムが説明を向けてくる。

「ハミルトン家の所有する土地は、もともと豊かな土壌を持っている。きちんとした人手と苗さえあれば穀物はさぞ実るだろう」

だから投資したと言う、彼の言葉の意味を計りかねる。なんの反応も見せないシャーロットに、ウィリアムは苦渋を滲《にじ》ませた。

「金銭で解決するという形になってしまったのは、本意とするところではないが……。権力を嫌うあなたに配慮して、できるだけ正攻法を選んだつもりだ」

力づくを嫌ったシャーロットの言葉を、ウィリアムは覚えていてくれたようだ。不安を浮かべながら訊ねてくる。

「俺の選択を、怒っているだろうか……？」

「いいえ……怒るなんて……とんでもない…………」

「よかった……その言葉を聞けて、ホッとした」

ウィリアムは安堵の表情で抱き締めてくるけれど、シャーロットの戸惑いが消えたわけではない。

「ウィリアム様の厚意は……嬉しいです。ですが、わたしのために……投資など……」

ウィリアムに迷惑をかけるのだけは、絶対に嫌だ。

不安に揺れるシャーロットの心を読んだ様子で、彼が優しく笑ってくれる。

「俺の個人資産を運用したまでだ。あなたは、なにも心配しなくていい」

「ですが……」

それだって素直に喜べるものではない。しかしウィリアムは宥《なだ》めるように、シャーロットの頬に手を宛がってくる。

「諦めないと言っただろう」

「ウィリアム様……」

「問題がなくなれば、あなたは妻になってくれると言った」

そうだな？　と、確認してくる彼に、シャーロットは小さく頷く。

「はい……言いました……」

「ならば、あなたはすでに俺の妻だ」

「本当に……よろしいのですか……？」

彼の想いを素直に受け入れていいのだろうか……。

捨てきれない迷いを打ち消すように、ウィリアムがこつりと額を触れ合わせてくれた。

「俺が、あなたを望んだのだ。だからこそ、俺はここにいる」

「はい……はい……ウィリアム様」

シャーロットが嬉し涙をこぼすと、ふたりの様子を見ていた男爵が怒気に駆られた声を上げた。

「こ、このようなことっ……いくら王子と言えども、人のものを横取りするなど、横暴すぎますぞ！」

男爵が吐き捨てるように言うのを聞いて、シャーロットはウィリアムを見上げる。

(え……王子……様？)

ウィリアムは冷酷なくらい冷めた瞳で、男爵を見据えていた。

「人を騙して奪うのは、あなたの特技だったな。あなたが日頃から自慢する美術や工芸品の数々が、借金の代償に得たものだということは調べがついている」

「ま、まさか……」

「貴族たちはプライドが高いから、借金のことを公にされたくなくて、さぞ楽に騙せただろうな。ハミルトン伯爵が他の貴族たちに借金の申し入れをしても、なかなか頷いてもらえなかったのも、あなたが裏から手を回したのだろう」

「い、いえ……そんな……っ」

「信頼のあるハミルトン伯爵が声を上げれば、いったいどれだけの人が被害を訴えるだろうな」

楽しみだ、という言葉が聞こえてきそうなウィリアムの声に、男爵が反論できずに奥歯を噛み締める。

「ぐっ……」

男爵が言葉に詰まらせたところへ、ペイトン家の執事が身体を小さくしてやってきた。

「旦那様……ハミルトン家のご当主が、まいりました」

「っ……」

男爵は忌々しげに歯噛みするが、部屋を出て行こうとしない。一矢《いっし》報いたいとでも言いたげに睨みつける中、ウィリアムが冷淡にも聞こえる声を向けた。

「どうした、出迎えたらどうだ？」

「くそっ……」

ウィリアムに促された男爵が、足音も高らかに寝室を出て行く。

慌てて執事が追いかけるのを見送ったシャーロットは、新たな戸惑いをウィリアムへと向けた。

「あの……ウィリアム様……王子とは……いったい……」

シャーロットが言葉に迷いながら訊ねると、ウィリアムが困ったように表情を歪ませる。

「黙っていたことは……申し訳なく思う。正式には、ウィリアム・アーサー・ケント・クロムウェル・オブ・ウィンストンだ」

「ウィンストン……国王様と同じ領地名……」

「正式に結婚すれば、拝領されて変わるがな」

「本当に……王子……様」

驚愕で目を瞠る中、王子に抱き寄せられていると気づいて慌てて彼の腕から抜け出そうとする。

「し、失礼しました……！」

あられもない格好であることも忘れて頭を下げようとしたけれど、逆にウィリアムに引き寄せられて腕の中に閉じこめられた。

「他人行儀な真似はやめてくれ……俺はもう、あなたを妻だと思っているのに」

「わたしなどが、王子様の妻には…………っ」

なれるはずがない、と慌てるシャーロットの身体を、ウィリアムは強く抱き締める。

「俺が王子だと、あなたの心は変わってしまうのか？」

憂《うれ》いを含んだ声音で問いかけられて、シャーロットはハッと気づいたように顔を上げる。

シャーロットの知っているウィリアムの表情がそこにあった。

（そうだわ……王子様だろうと、ウィリアム様には変わりないのよね…………）

彼の顔を見て、ようやく平静を取り戻すことができる。シャーロットは小さく笑んだ。

「変わりません……ウィリアム様が誰であろうと……いま目の前にいる方が、わたしの知っているウィリアム様ですもの」

シャーロットが告げると、ウィリアムの表情に安堵の色が広がった。

「いままで黙っていたことは、すまないと思っている。クロムウェルは母方の姓で、外で名乗るときはよく使っている。あなたに初めて会ったときも……いつも通り名乗ってしまった。すぐに、きちんと名乗らなければと思ったのだが……改めて、王子だとは告げられなかった」

ウィリアムが申し訳なさそうに眉尻を下げるのを見て、シャーロットは首を振った。

「いいえ、クロムウェル様と聞いて、王妃様の家系でいらっしゃるということには気づいていましたのに……。わたしが、きちんとお聞きすればよかったのですね……」

シャーロットが正直に答えると、彼はひとつ頷いてから、自嘲気味に口角を上げる。

「なぜきちんと名乗らなかったのか……本当は、俺自身もわかっていない。あなたが俺の顔を見ても『王子』とは言わなかったので、もしかしたら、わざとクロムウェルの名を使ったのかもしれない」

「お、お顔を知らず、申し訳ありませんでした……！　わたしが社交界デビューさえしていれば、せめてお顔を拝見する機会もあったのでしょうけれど………」

恐縮するシャーロットにウィリアムがひとつ首を振った。

「いや、逆にそれを、俺は利用したのかもしれない。王子としてではなく、ひとりの男として、あなたに愛されたいと……無意識に願ってしまったのだろう」

「そんな……わたしはウィリアム様が誰であろうと……………」

変わりはない……と。先ほどのセリフを繰り返そうとするシャーロットに、ウィリアムは笑った。

「ああ、そうだな。俺とあなたには、そんなことは些細《ささい》なことだったのかもしれない」

ウィリアムが可笑《おか》しそうに笑う。その笑顔を見られるだけで、シャーロットの胸が温かくなる。

「わたしは……ウィリアム様のお傍にいられれば、それだけで幸せです」

思うままを言葉にして告げると、ウィリアムは眦《まなじり》を下げて見つめてくる。

「ありがとうシャーロット……俺もあなたの笑顔を見られるだけで、とても幸せだ」

シャーロットに応えるように想いを紡いでくれる。そして彼は緑色の瞳に、真摯な想いを浮かべた。

「こうしてまた、あなたを抱き締められることに、心から安堵している……。本当に無事でよかった」

ウィリアムが長い腕で包むように、抱き締めてくれる。

「愛している、シャーロット」

胸に深く染み入ってくる声に、シャーロットの身体が淡く痺れた。

これまでずっと彼を抱き返すことを躊躇ってきたけれど、素直に彼の背に手を回してもいいのだろうか……。

（もう……好きと、言ってもいいの…………？）

もうなにも問題はないのだろうか、これで男爵との結婚はなくなったのだろうか……。

半信半疑な気持ちが抜けないけれど、ウィリアムがここにいてくれることが、その答えなのだろう。

シャーロットは躊躇いつつも、腕を伸ばして広い背中にそっと手を添える。彼の体温が手の平から伝わってきた。

それだけで歓びが全身に満ちていく。胸から溢れてくる想いが口をついて出た。

「わたしも……ウィリアム様を、愛しています」

ようやく彼に伝えることができた。

想いを声にするだけで、さらなる歓びが胸を満たしてくれる。

顔が自然と綻ぶシャーロットに、ウィリアムの声にも笑みが浮かんだ。

「やっと言ってもらえた……愛する人に想いを返してもらえるのは、こんなに嬉しいものなのだな」

全身から喜びが伝わってくるウィリアムに、シャーロットも彼の背を抱く腕に力を込める。

「わたしも……とても嬉しいです」

この歓びが彼に伝わるように、彼を見上げて告げた。

やわらかい眼差しで見下ろされ、胸が淡く疼《うず》く。

どちらともなく、引かれ合うように唇を重ね合った。

「さあ、行こう。あなたのご両親に、ご挨拶をさせてくれ」

「はい」

ウィリアムから差し出された手に、シャーロットは長過ぎる袖から覗いた手を預ける。

階下へ降りると、スコット共に両親がいた。

「お父様、お母様！」

「シャーロット！」

着の身着のままといった様子の両親が、シャーロットの姿を見て安堵を浮かべる。

「よかった……本当によかった」

「家の者も皆、心配していたのよ」

父が髪を撫で、母が涙ながらに抱き締めてくれる。

「ありがとう……お父様、お母様」

こうして両親と再会できたことを、心から喜ぶシャーロットの傍《かたわ》らで、ウィリアムが従者の名前を呼ぶ。

「スコット」

両親に付き添ってきたらしいスコットが、ひとつ頷く。

「返済は、滞《とどこお》りなく終了しました」

「そうか、では」

ウィリアムが、改めて男爵に向き直った。

「ペイトン男爵、あなたには、複数の詐欺の容疑がかかっている。近いうちに警察が訪ねてくるだろうから、心しておくといい」

ウィリアムから告げられた言葉に、男爵が愕然した表情で立ち尽くす。

返済金の入った布袋が、その手から滑り落ち、邸内にやけに大きく響き渡った。

第七章　幸せな初夜

初めて足を踏み入れた王宮は、これまで見たこともないほど煌《きら》びやかな世界だ。

玄関ホールを入っただけで圧倒されてしまう、広さと豪華さだった。

顔が映り込むほど磨かれた大理石の床、天井には神々が描かれ、宝石を散りばめたように輝く大きなシャンデリアが下がっている。

至るところに金が使われている宮殿内は、目が眩《くら》むほど眩《まぶ》しい。

階上へと誘《いざな》う大階段、踊り場の壁には王冠をかぶった男性の肖像画が飾られている。凜々《りり》しい目鼻立ちと威厳を感じさせる相貌《そうぼう》が、ウィリアムに似ていた。

絢爛豪華《けんらんごうか》な様子に目を奪われていると、ウィリアムが笑う。

「ここが、今日からあなたが住む家だ」

「迷子になってしまいそうです……」

玄関ホールから、すでに動けなくなっているシャーロットの手を、ウィリアムがとる。

「いつでも俺が案内しよう」

そう言って彼は、指先に口づけを落としつつ告げてきた。

「だがそのまえに、あなたを俺の両親に会わせたい」

それはすなわち、国王と王妃ということだ。

シャーロットが緊張から身体を固くすると、ウィリアムがやわらかい眼差しで見つめてくる。

「おふたりも、あなたを気に入ってくれる」

彼の言葉に励まされて、シャーロットは頷《うなず》いた。


謁見の間は、国の繁栄と富を象徴するような、豪奢《ごうしゃ》な作りだった。

部屋の奥に据えられた玉座《ぎょくざ》には、ウィリアムの両親である国王と王妃が座る。ふたりへの挨拶《あいさつ》は緊張のあまり、声が震えていた。

隣にウィリアムがいて、両親が誂《あつら》えてくれた自前のドレスを着ていなければ、失神していたかもしれない。

シャーロットに自前のドレスを着せてくれたのは、クロムウェル家で世話になったメイドたちだ。大事なドレスを、王宮まで届けに来てくれたのだそうだ。

おかげで、ウィリアムの両親への挨拶も滞りなく済んだと思う。

「呼吸が……止まってしまうかと思いました……」

自室として与えられた部屋に戻った途端《とたん》、シャーロットは胸を押さえて大きく深呼吸する。

その様子を見たウィリアムが、くすくすと声を立てて笑った。

「国王と王妃と言っても、普通の両親とそう変わりはない」

「いいえ、おふたり共とても威厳と気品があって……怖かったです……」

正直に告げると、ウィリアムがまた笑う。しかしシャーロットにとっては、本当に緊張と恐怖の時間でもあった。

最初に声をかけられとき、シャーロットは顔すら上げられなかったほどだ。

そんなシャーロットを気遣って、国王と王妃が優しく声をかけてくれた。

『まあ、可愛《かわい》いお嬢さんで嬉しいわ』

『息子を、よろしく頼む』

結婚に反対されるかもしれないと心配していたから、ふたりの言葉を聞いたときは安堵《あんど》で涙が浮かびそうになった。

「婚約者と認めていただけて……本当によかったです……」

シャーロットが安堵の声をこぼすと、ウィリアムがソファをすすめてくれる。

「認めない、わけがない。俺が、ようやく結婚を決めたのだから」

「ようやく……ですか？」

改めて思えば、一国の王子なのだから、婚約者の候補は大勢いただろう。

ソファに腰かけながら、疑問を浮かべた瞳で見返す。ウィリアムが傍《かたわ》らに腰を下ろしてから、答えてくれた。

「散々、結婚を渋ってきたからな」

「心が……動かなかったからですか？」

ウィリアムが言っていた言葉を思い出しながら訊ねると、彼は頷いてくれる。

「いずれは、政略結婚に落ち着くだろうと諦めていた。だが……まだ諦めきれなかったのだろうな。クロムウェルの邸に行ったのも、度重なる結婚の話から逃げ出したからだ」

「もしかして……ウィリアム様こそ、婚約者がいらっしゃったのでは……」

王子という立場ならば、婚約者がいてもおかしくない。

誰からか奪ってしまったのでは……と、心配になって顔色を青くするシャーロットに、彼は笑って首を振ってくれた。

「いや、婚約者はいない。すべて断ってきたからな」

「それを聞いて、安心しました……」

ホッと息をつくと、ウィリアムの指がシャーロットの髪に、やわらかく絡み付いてくる。

「俺の方こそ、男爵からあなたを奪った」

「いいえ、助けてくださった……のです」

シャーロットが言い直せば、ウィリアムが髪に口づけてくる。

「相手がペイトン男爵でなくとも、誰でも……俺はあなたを奪うつもりでいたがな」

強引なことをするつもりだったと、ウィリアムは暗に言ってくる。

「ですが、ペイトン男爵様のことは……奪ったというのとは、違うのでは……」

たとえ結婚を阻止するためであったとしても、犯罪を暴いたのだから『奪った』というのは少し違う気がした。それはウィリアムも頷いてくれる。

「ペイトン男爵のことは、遅かれ早かれという問題だが……あなたとの結婚を阻止するために、多少強引なことをしたのは否《いな》めない」

「危険なことをされたのでは……」

危ないことをしたのではと心配するが、彼は首を振る。

「いや、危険ではないし、男爵に対することではない」

「では……」

「あなたに対して、したことだろうか」

「わたし……ですか？」

自分はいったいなにをされたのだろうと、シャーロットがきょとんとした目で見返す。

ウィリアムが自嘲気味に笑んだ。

「ずるい人間だと、言っただろう」

「なにか……されたのですか？」

さらに問いかければ、ウィリアムはわずかに迷いを見せたが真実を教えてくれた。

「あなたがプロポーズを受け入れてくれないと知り、俺はひどく落胆していた。嵐の翌日に道が塞《ふさ》がっていると聞かされて……俺は、あなたを閉じこめてしまおうと考えた」

「閉じこめられた覚えは……ありませんけど？」

「大木が道を塞いでいると言っただろう、だがすぐに撤去されたんだ」

「数人で持ち上げれば動かせた……と聞きました」

御者《ぎよしや》がそのようなことを言っていた。シャーロットの言葉にウィリアムが頷く。

「おそらく、道はすぐに通れるようになったのだろう。だが俺はその報せを受けていなかったので、あなたを邸に閉じこめることができた」

「どういう意味ですか……？」

首を傾げるシャーロットに、ウィリアムが苦笑する。

「うちの使用人は優秀だと言っただろう？　彼らは、あなたに対する俺の想いを察したのだろう。わざと道が開通したことを教えてこなかった」

「え……でも、その言い方ですと……ウィリアム様も、開通したことを知らなかったのでは……」

「ああ、知らない。だが大木を撤去したとも、いまだ開通しないとも言ってこなかったのだから、わざと伝えないのだろうというのは、すぐにわかった。だから俺も、あえて問わなかった」

だから『閉じこめる』なのだということが、わかった。

「それに、あなたが熱っぽいと言って寝込んだのも、メイドたちの仕業だろう。あなたの顔色はとてもよかった」

「えっ……そうだったのですか!?」

ウィリアムの話の中でも、一番の驚きではなかろうか。

「やはりそうだったのですね……少し強引な感じがしていました……」

やはり体調は悪くなかったのだ。言い包《くる》められてベッドから起き上がらなかった自分がシャーロットは、少し情けない気分がした。

肩を落とすシャーロットを、ウィリアムが小さく笑う。

「彼女たちも、俺のために、あなたを引き止めてくれたのだろう。俺もあなたを引き止めたくて、ベッドに縫い止めてしまった。俺の場合は、あなたに触れたかっただけとも言うが……」

「ウィリアム様まで……」

「俺はともかく、彼女たちのことは許してやってくれ。俺のためと思ってやったことだ」

「怒ってはいません……騙《だま》された自分が情けないだけです…………」

親子共々、少しだけ人を疑うことを覚えた方がいいのかもしれない。ふと思い立ってシャーロットは問いかける。

「もしかして……ベイル村の方たちは、ウィリアム様が王子様だと知っていらしたのですか？」

子供たちの真似をしているものだとばかり思っていたが、いまになって思えばあまりに自然過ぎた。案の定、ウィリアムが笑む。

「ああ、彼らは知っている。クロムウェルの邸に行くたび、立ち寄っているからな」

「やはり、そうだったのですね……！」

まったく疑わなかった自分が恥ずかしい。

「あなたに王子と知られたくなかったので、子供たちの言葉を利用させてもらった」

「ずるいです……」

「そう言っただろう？」

赤く染まったシャーロットの頬を愛しげに撫《な》でながら、しかしウィリアムは口調をわずかに重くした。

「あなたの婚約者がペイトン男爵だと知って、俺はますます、あなたの結婚を阻止しないとならなくなった。だがその前に、あなたが俺を愛してくれれば、なにも問題はないと考えていた。それなのに……あなたは頑《かたく》なに男爵のもとへ嫁ぐと言う。事情があるのだろうと思ったので、スコットをハミルトン家へやって、事情を探らせてきた」

「では、スコット様がいらっしゃらなかったのは……」

「あなたの両親に会って事情を聞きだし、俺が、あなたを妻に望んでいることを伝えさせた」

「そうだったのですか……」

ウィリアムの言葉に、そのときの両親の驚きが目に浮かぶようだった。

「王子が娘との結婚を望んでいると知れば、どのような事情にせよ、あなたの両親も認めざるを得ないだろう」

王子に望まれれば、誰だって普通は逆らわない。

「スコットが戻って、借金の代償にあなたが嫁ぐと聞いて、すぐに手を打つため王宮に戻った。それと同時に、クロムウェル家からハミルトン家へと使いを出した。あなたの両親を呼び寄せるためだ」

『待っていてくれ』と告げてきた、ウィリアムの言葉の理由がわかった。彼はシャーロットがクロムウェル家にいる間に、すべてのことを片づけようとしたのだろう。

「男爵たちを一掃し、あなたを迎えに行こうと考えていたというのに……あなたが攫《さら》われたと、クロムウェル家から使いがきて、すぐに男爵家へ乗りこんだということだ」

「そうだったのですか……」

だからウィリアムが、男爵家へ助けに来てくれたのだと知る。

「あのときは、心臓が止まるかと思った……本当に、無事でよかった」

あと少しウィリアムが遅かったら、少なくとも処女は男爵に奪われていただろう。やはり初めては好きな人に捧げたい。

「ウィリアム様のおかげで、わたしはいま、とても幸せです」

「心から、愛している……シャーロット」

甘く見つめられるからシャーロットも見つめ返せば、ウィリアムがそっと頬に手を宛がってくれた。

「二度と、あなたを離さない」

「ずっとお傍に、いさせてくださいね」

お互いの心に誓うよう、厳《おごそ》かに口づけを交わす。

重ねただけの唇を離れると、ウィリアムが立ち上がり、シャーロットを横抱きにする。

「ようやく、あなたのすべてに触れられる」

「嬉しいです……」

寝室まで連れて行かれて、ベッド脇に下ろされる。

「俺が、脱がしてもいいだろうか？」

「ウィリアム様の……望むままに」

彼はひとつ頷いてから、シャーロットの背中に回ってホックを外してくれた。

ひとつひとつ丁寧に外しながら、ドレスを脱がせてくれる。

コルセットの紐《ひも》を解かれて、スカートを膨らませるためのクリノリンやペティコートも取り除かれた。

下穿きが下ろされて、ガーターリングとストッキングという心許《こころもと》ない姿に、シャーロットは軽く身を捩《よじ》る。

ウィリアムがその場に膝をつき、丁寧な仕草でリングを外す。リングの圧迫から解放された艶《なま》めかしい太腿が、弾けるように揺れる。ストッキングが滑るように落ちた。

身に着けていたものがすべてなくなると、ウィリアムの手がシャーロットを横抱きにしてベッドへと運ぶ。

上質な絹で織られたリネンの上に下ろされると、ウィリアムも自らジャケットを脱ぎはじめた。

ジャケット、ベスト、シャツと順番に脱いでいく。その姿に羞恥心を覚えながらも、シャーロットは彼を見つめた。

彫像のように美しい肉体が、次第に露《あらわ》になっていく。

身に着けているものを取り払う彼の姿は、とても神聖なものに見えた。

長い手足に逞《たくま》しい体躯《たいく》、その中央では項垂れた男性の象徴がある。

慌てて視線を逸らすと、ウィリアムの手がシャーロットの身体を押し倒してきた。

「ウィリアム様……」

美しく輝く紫色の瞳で見上げれば、覆いかぶさってくるウィリアムが甘く微笑む。

「愛している……シャーロット」

「わたしも、愛しています……ウィリアム様……」

彼の想いに応えると、優しい口づけが唇に重ねられた。


触れ合わせるだけの口づけから、啄《ついば》むように触れられる。

「ん……」

シャーロットが短い声をこぼすと、ウィリアムの舌が唇の上を舐《な》めた。唇の隙間から舌が侵入してきて、シャーロットの舌が搦《から》め取られる。

彼に導かれながら絡ませれば、くちゅりと唾液の交じり合う音がした。

さらに深くせんとばかりに、ウィリアムが舌を吸い上げてくる。引き出されるようにして差し出した舌に、彼のものが深く絡みついてきた。

舌の根元がじわじわと痺《しび》れて、生理的な涙が浮かんでくる。

「はあ……あ……」

熱い息を吐けば、胸の上に大きな手が置かれた。

乳房に触れてくる彼の手は、これまでと違ってひどく優しい。大事なものを扱うような丁寧さに、彼の愛しさを感じさせた。

やわらかく揉んで、固くしこった頂《いただき》を撫でてくる。乳首を押し潰すようにしてこね、人差し指と親指で摘《つ》まむ。

「んっ……」

華奢《きやしや》な肢体を震わすと、そこを弄《いじ》っていた指に力がこもった。乳首がきつく摘まれてくぐもった声を上げれば、ウィリアムが小さく苦笑する。

「あなたをゆっくり愛したいのに……心が逸《はや》って仕方ない」

身の内に宿る熱を逃がすように息をついた彼に、シャーロットは唇を開いた。

「わたしは……ウィリアム様に触れてもらえるのならば……どのようにされても、嬉しいです……」

恥じらいつつ告げるシャーロットに、ウィリアムはその瞳にさらに情熱を宿した。

「そんなことを言われては、我慢ができなくなってしまう」

そう言って、彼は乳房に唇を寄せ、尖《とが》った先端を口に含む。舌先で弄《もてあそ》ぶように乳首を舐めてきた。

「あんっ……」

シャーロットが喘《あえ》ぐと、ウィリアムは逸る気持ちを抑えきれない様子で、肌をまさぐってくる。

舐めては吸ってを繰り返し、白い肌に鮮やかな痕跡をつけていく。彼の唇は細い腰を辿《たど》って、そのまま下肢へと下りていった。

腰を持ち上げるようにされて、秘処がウィリアムの眼前に晒される。

「恥ずかしいです………」

「恥ずかしがることはないだろう、俺はもう、あなたのすべてを見ているのだから」

両手で顔を覆うシャーロットのそこを、舌先が舐め上げる。

熱い舌に舐められ、全身にぞくぞくとした痺れが駆け上がった。

「ああっ………」

「あなたの花園は、いつも薔薇のように甘くて芳《かぐわ》しいな」

「あ……うンっ……」

固い蕾《つぼみ》を唾液で解すように、ウィリアムが執拗《しつよう》に舐めてくる。

ぴちゃぴちゃと立つ音が、シャーロットの耳を侵した。

「ん……そんなに……舐められては、恥ずかしいです………」

膝を閉じようとして力を入れるが、彼の手がそれを許してくれない。

陰唇に左右から指をかけられて、奥が見えるように開かされる。愛液で潤《うる》んだピンク色の花洞が姿を見せた。

躊躇《ためら》いがちに告げて膝を閉じようとするが、その前に彼の舌が花洞の奥を探った。

「ああっ……ん……っ」

シャーロットが悩ましげに声を上げる。その声に煽《あお》られたように、ウィリアムの長い舌がさらに奥へと沈んだ。

シャーロットが腰を弓なりに反らして大きく喘げば、艶めかしく濡れた花弁の奥へとウィリアムが舌を押しこんでくる。

「あっ……ウィリアム様……の舌が…………奥まで入って……きます………」

長い舌が窮屈な膣内を広げるように丁寧に舐めてきた。

そこへ指が侵入してきて、奥へと進む。

「ああ……っ……お腹の中に……指が………」

「シャーロット、深く呼吸を繰り返すんだ」

「は……は……い……」

彼の言う通り胸を大きく喘がせて、深く深呼吸する。身体から余分な力が抜けて楽になると、体内に埋まった指がゆっくりと前後に動き出す。

「ふっ……うっ……んんっ……んっ……」

ずるずる……とお腹の中で蠢《うごめ》く指は、入り口付近まで引き抜かれて、また体内に戻される。

はじめは生き物が這っているようで気持ち悪かった動きが、何度も繰り返されるとたまらなく感じてしまう。それを狙い澄ましたみたいに、二本目の指が挿入された。

「ああっ……んんっ……」

「やはり、きついな」

「そんな……っ……んん……っ……」

「せめて三本は入らないと、あなたが痛い思いをする」

これ以上に指を増やされたら、身体が裂けてしまうのではないかと恐怖を覚える。

身体が竦《すく》めると、ウィリアムの指が労わるように媚肉を撫でてきた。

「力を入れると、余計に痛むぞ？」

「ですが……身体が、裂けてしまいそうで……怖いです…………」

「あなたを傷つけたくはない、力を抜いていてくれ」

「は……い…………っ」

シャーロットが喉を引きつらせながら大きく頷く。深く息を吐き出し吸って、と繰り返せば彼の指がぐちゅぐちゅと音を立てて動き出した。

「あっ……だめですっ……音が……」

「もっと感じて、洪水のように溢れさせるといい」

耳殻《じかく》に舌をねじこませてきて、くちゅくちゅと音を立てる。

「ああっ……下からも、上からも、音が……っ」

「でも、あなたのここは喜んでいる」

秘腔を行き来する指が、たまらなく気持ちいい。うっすらと汗の浮いた内股を、彼の腕に擦り付けてしまう。

「んっ……ウィリアム……様っ……」

「そんなに淫《みだ》らに煽って……あなたは俺を誘うのが、本当に上手だ」

そう言って、三本目の指を挿入してくる。

熟れた肉壁が歓迎するように蠢き、彼の指を締め付けた。

三本の指が体内でばらばらに動かされ、シャーロットの中を拡げていく。

深いところを突いたかと思えば、浅いところをくすぐるようにして触れる。中を動き回りながら、彼の親指が肉芽を押し潰してきた。

「ああっ……そこはっ……」

強烈な刺激にシャーロットは背中を大きく反らし、ウィリアムの首に縋《すが》り付く。彼の唇が深く重ねられ、シャーロットを激しく求めてきた。

舌を搦め取られて唾液を啜《すす》られる。下肢を行き来する指はますます動きを速くした。

彼の行為についていくのがやっとだったシャーロットが、自らウィリアムを求めて舌を差し出せば、体内を蹂躙《じゅうりん》していた指が引き抜かれた。

口づけも解かれて身体が弛緩する。

ウィリアムの手がシャーロットの脚を押し開き、身体を滑りこませてきた。

「そのまま、力を抜いていてくれ」

濡れた淫唇に熱いものが触れる。体内で、めりっと音がした。

「あっ……」

先ほどまで指が埋まっていたそこを、硬いものが押し開いてくる。鋭い痛みにシャーロットは背筋を戦慄《わなな》かせた。

「ウィリアム様……っ」

「ゆっくり入れていく、痛ければ俺の肩に爪を立てるといい」

「あっ……いた……いです……」

指とは比較にならない太さのものが、シャーロットの膣を暴こうとする。たまらず懇願した。

初めは痛いものだと聞いていたし、『痛い』と言ってはいけないとも聞いていたけれど、引き裂かれるような痛みは想像以上だ。

「だめです……入りません……もっと……小さくして、ください……」

「シャーロット……あなたは随分と無理なお願いをするのだな……」

自嘲気味に笑んだウィリアムのものが、さらに大きさを増す。

「なぜ……小さくしてくださいと……お願いしたのに………っ」

「あなたが、あまりに可愛いことを言うから……余計に大きくなってしまった……」

逃げを打つシャーロットの腰を摑んで、ウィリアムが引き寄せてくる。

「お願いだ、シャーロット……可愛いことを言うのは、しばらく禁止だ」

「言って……いません……小さくしてと、お願いを……した……だけ……」

「それが可愛いと言うんだ、シャーロット」

「あん……んっ……入って……きます……」

ウィリアムを必死に受け入れようとするも、なかなか思う通りにはいかない。

太い陰茎が、たっぷりと蜜を含んだ彼女の秘処を少しずつこじ開けていく。皮膚が裂ける痛みを感じるが、シャーロットは奥歯を嚙んでそれに耐える。

ウィリアムも決して無理強いはせず、シャーロットを労わりながらゆっくりと進んできた。

陰茎の一番太い部分が、狭い蕾の中へとぐぷりと潜る。膣の入り口や内壁が、めいっぱい拡がった。

「いッ……ッ……」

「ああ……シャーロット……俺たちは少しだけ、繋がれたようだ……」

歓喜に声を上げるウィリアムに、シャーロットは必死に力を抜こうとする。

さらに奥へと陰茎が入ってくる。痛くてたまらないけれど、ウィリアムとひとつになれる喜びの方が勝った。

「ウィリアム様……もっと……ウィリアム様と……繋がりたいです………」

凶暴なほど膨張した男根の侵入を拒むように、閉ざされた内壁から力を抜くように大きく呼吸を繰り返す。彼の方も苦しげに、何度も息を吐き出してきた。

「シャーロット……あなたと……早くひとつになりたい……」

涙で潤んだ紫色の瞳で見上げれば、ウィリアムが愛しげに眼差しを蕩《とろ》けさせる。

「シャーロット……愛している……シャーロット……」

「ウィリアム様……わたしも……」

時間をかけて長大なそれが奥へと進んできた。

「もう少しだ……シャーロット……」

「はいっ……ウィリアム様……っ……」

お互いに汗をびっしり浮かばせながら、なかなか開かない蕾の最奥に、ウィリアムが口を開く。

「すまない、シャーロット……痛いかもしれないが、許してほしい」

「大丈夫……です……ウィリアム様から貰えるものなら……わたし……なんでも、嬉しいです」

「シャーロット……なんて愛しい……」

決して強引なことをせず、ここまで労わりながら進んでくれたウィリアムに、すべてを託す。

「いくぞ、シャーロット」

「はい……」

シャーロットの呼吸に合わせるようにして、ウィリアムの腰がぐっと力を入れてくる。

胎内の深いところで、ぶつりと音が聞こえた気がした。

「ああ……ッ」

激痛のあとに襲ってくる熱。

生理的に浮かんだ涙が、眦からこぼれ落ちた。

「やっと、ひとつに繋がることができた」

「本当に……ウィリアム様の妻になれるのですね……」

「あなたと俺は、心も身体もこれで夫婦になれる」

「嬉しいです……ウィリアム様」

シャーロットが嬉し涙をこぼすと、ウィリアムが歓びを分かち合うように微笑む。

口づけを交わせば、ウィリアムがゆっくりと動き出す。

押しては引いてと繰り返し、殊更慎重に抽挿《ちゅうそう》する。

はじめこそ、男根が往復するだけでも痛くて涙が浮いたけれど、内壁が少しずつ彼のものに馴染《なじ》んでいくのがわかった。

「もう少し、動いていいだろうか」

「ウィリアム様に、お任せします……」

自分ではどうすればいいのかわからないし、できれば愛する人の望みに応えたい。だがウィリアムはゆるく首を振る。

「あなたにも、気持ちよくなってもらわなくては、意味がない」

「ですが……どうすればいいのか……」

戸惑いの声を向けると、ウィリアムが訊ねてくる。

「どうされるのが、あなたは気持ちがいい？」

短く抽挿をされるが、まだ快楽よりも痛みの方が強い。だからシャーロットは紫色の瞳で彼を見つめた。

「ウィリアム様に……触れさせてもらいたい……です」

「また、あなたは可愛いことを言って……俺の忍耐を試しているのか？」

「い、いえ……わたしは……ウィリアム様に触れれば……それだけで、とても気持ちいいです……」

ウィリアムに触れたときの歓びを思い出すと、それだけで心が温かくなる。

わずかに恍惚を滲ませた表情を浮かべるシャーロットに、ウィリアムが苦笑気味に笑んだ。

「あなたがそれで気持ちいいのならば、俺は構わない……好きなところに触れてくれ」

「嬉しいです……」

シャーロットは細い指を迷わせながら、彼の腕に触れる。そこに浮いた筋肉をそっと辿ると、ウィリアムが自嘲した。

「あなたに触れられるのは嬉しいが……案外、恥ずかしいものだな」

「お嫌ですか……？」

「構わないと言っただろう。どんなことでも、あなたに求められるのは嬉しい」

ウィリアムの唇が、シャーロットの額に触れる。

「動くぞ」

「はい……」

律動がゆっくりとはじまった。

彼は決して急いだりせず、シャーロットの顔色を見ながら腰を入れてくる。時折ウィリアムが苦しげに唾を呑みこむ表情が、やけに色気を誘った。そんな表情を見ると、シャーロットの鼓動がとくりと、ひときわ大きな音を立てる。それに合わせて膣がぎゅっと窄まり、またウィリアムが唾を呑んだ。

ウィリアムが次第に動きを速める。抽挿を繰り返すたび、それまで神のような慈悲を見せていた彼が、欲望を宿した人間の男へと戻っていくようだった。

「シャーロット……あなたのいやらしい花弁《かべん》が、俺のものに吸い付いてくるようだ」

「んっ……あっ……」

匂い立つほど淫靡《いんび》な香気を漂わせる、彼の色香に眩暈《めまい》がしそうだった。まるで媚薬を吸いこんだように、頭の中がふわふわとしてくる。

「ウィリアム……様あ……」

うっとりとした声音で名前を紡ぎ、白い腕を彼へと伸ばす。

奥まで挿入してきたウィリアムは一度その動きを止め、シャーロットの上に覆い被さるようにして再び唇を重ねてきた。

その際に繋がったところが角度を変わって、シャーロットはくぐもった声で啼《な》く。

「うんんっ……」

先ほどにも増して激しく舌を絡めて、口づけが交わされる。ぐちゅぐぢゅと音を立てて唾液が絡み合う。飲み下せなかった唾液が、シャーロットの唇の端から伝った。

「ウィ……リアム……様……愛して……ます……」

シャーロットは瞼を上げて、潤んだ瞳でウィリアムを見つめる。膣内に埋まる男根がどくりと脈動し、ウィリアムが陶酔を感じさせる眼差しで見下ろしてきた。

「シャーロット……俺のシャーロット……」

耳朶《じだ》が唇に含まれて甘噛みされる。

ふるりと身を震わすと、耳の奥へと舌を入れられた。

「あ……ンぅ……」

ウィリアムが再び腰を動かし始めると、愛蜜に溢れた結合部から卑猥な水音が上がる。弧を描くようにゆるやかに腰を動かされ、シャーロットの官能をさらに刺激してきた。亀頭が抜け出そうなほどぎりぎりまで腰を引かれて、また根本まで押し入ってくる。そこをぐっと突き上げられることを期待した媚肉が、彼を捕まえるようにきゅと締め付けた。それだというのに、ウィリアムは再び腰を引く。

「あっ……」

望んでいたものが貰えなくて、彼女の唇からは切なげな声が漏れ出た。もどかしいくらい緩慢に動く彼の動作に、シャーロットは身悶《みもだ》えする。もっと強く突き上げてほしい、そんな欲求がシャーロットの心を逸《はや》らせた。

「はあ……ン……ウィリアム……様ぁ…………」

頬を薔薇色に上気させて、シャーロットがゆるゆると頭を振る。強請《ねだ》るように彼の名前を呼ぶと、うっとりしそうなほど綺麗《きれい》に微笑まれた。

「気持ちいいのか、シャーロット？」

「はい……気持ち……いいです……」

「俺も、すごくいい……このまま永劫に、あなたと繋がっていたいくらいだ……」

「ずっと……繋がっていたいです………」

縋るように瞳を揺らめかせると、彼の指先がシャーロットの頬を撫でた。

「もっと、溶け合ってしまおう」

そう言って言葉を促すように深いところを一度だけ突き上げてくる。

「あうッ……」

突然与えられた刺激に、眩暈にも似た快楽を覚える。それはシャーロットの残った理性を切り崩すのに十分だった。

「いっぱいに……ウィリアム様でいっぱいに……してください……」

羞恥心をかなぐり捨てて懇願を向ける。ウィリアムの瞳に、欲情の炎が滾《たぎ》った。

「もちろんだ、シャーロット……あなたが満足しても、やめてあげないよ」

ずしりと重い突き上げが子宮を穿《うが》つ。待ち望んでいたものが与えられ、シャーロットの身体は歓喜した。

「ああんッ……」

ひときわ高い嬌声《きょうせい》を上げると、胎内に埋まった肉棒が断続的に奥を突き上げてきた。華奢《きゃしゃ》な肢体ががくがくと揺さぶられて、柔らかな双丘が円を描くように大きく揺れた。しどけなく開いた唇からは、絶え間ない喘ぎ声が漏れ出る。両脚を彼の腰に回してきつくしがみ付いて、シャーロットは我を忘れて愛しい人の名前を呼び続けた。

「ウィリアム様……ウィリアム様っ……」

「あなたのいやらしい膣が、気持ちいいと言って締め付けてくる」

「ああっ……ウィリアム様……っ」

めいっぱい拡がった陰唇から蜜を撒《ま》き散らしながら、彼女は切なげに身を震わせた。

ウィリアムが深く口づけてきて、舌の根本から引き抜くように吸い上げられる。

卑猥《ひわい》な銀糸を引きながら唇を離れると、ウィリアムがこれまで以上に激しく胎内を突いてきた。

「ああっ、んっ……ウィ……リアム様……」

お互いの身体を隙間なく密着させて、欲望の弾ける瞬間を目指して求め合う。

繰り返される激しい抽挿に、息継ぐまもなくシャーロットが切れ切れの嬌声を上げる。重厚なベッドがぎしりと軋みを上げた。

マグマのように育っていく欲望が、噴火のときを今か今かと待ち侘びる。もうこれ以上は耐えられないというぎりぎりのところで、シャーロットが声を上げた。

「も……だめっ……きますっ……きてしまいます……ッ」

「シャーロット、一緒に」

「はいっ、ウィリアム様っ……ウィリアム様……っ」

必死にしがみつくシャーロットをきつく抱き締めて、ウィリアムが最後の瞬間を目指して穿ってくる。彼から与えられる激情に、欲望は一気に駆け上がっていった。

「あっ、アッ……もう、だめっ……ウィリアムさ……ああああ……ッ」

「ッ……」

胎内が大きく鼓動すると、シャーロットは背をしならせる。

媚肉がきつく窄《すぼ》まるのに合わせて、男根がどくどくと強く脈動した。子宮口に向けて熱い奔流《ほんりゆう》が放たれる。残滓《ざんし》まで搾り取るように、シャーロットの中が激しく蠢いた。

速い呼吸を繰り返しながら、ふたりで口づけを交わし合う。

口づけを解くと、どちらともなく笑みがこぼれた。

エピローグ

荘厳な雰囲気に包まれた大聖堂に、華やかな音楽が鳴り響く。

祭壇まで続く緋色《ひいろ》の絨毯《じゅうたん》の上に立つと、白いウェディングドレスに身を包んだシャーロットの背筋が自然と伸びた。

結い上げられた髪には薔薇と真珠が編みこまれ、大粒のダイヤモンドを中央に配した首飾りがデコルテを飾る。

光沢のあるシルクサテンの生地を使ったドレスに、袖や襟には職人による幅広のボビンレースがあしらわれていた。裾にオレンジの花が刺繍《ししゅう》されたレースのベールと、腰から伸びるトレーンはとても長い。

中央の通路を挟んで両脇には、名だたる貴族や資産家たちが参列する。彼らの視線がシャーロットへと注がれ、どこからともなく感嘆の声が漏れた。

この中を歩くと思うと緊張して、足が竦《すく》みそうになってしまう。だからシャーロットは深く息を吸いこんだ。

（大丈夫よ、ウィリアム様が待っていてくださるのだもの）

長い通路の先には、礼服である軍服を着たウィリアムの姿がある。

彼が待っていてくれると思うだけで、心は落ち着いた。

ゆっくりと歩き出すシャーロットを先導するように、白いドレスを着た少女たちが絨毯の上に花を撒《ま》く。そのひとりはベイル村のキャシーだ。

『キャシーまいにちおいのりしたもの！』

『よかったねキャシー、王子様とお姫様はやっぱり結婚する運命なんだよ！』

結婚の報告を兼ねて村を訪れたウィリアムとシャーロットに、幼い兄妹たちはとても喜んでくれた。その無垢《むく》な笑顔に、シャーロットと顔を見合わせたウィリアムが彼らに告げた。

『結婚式に、ぜひ招待したい』

ウィリアムとシャーロット、ふたりたっての願いで、ウェディングアイルを清めるフラワーガールにはキャシーを、聖書を運ぶページボーイにはスティーブを指名した。

大役を任されたスティーブは緊張した顔をしているけれど、キャシーは大勢の招待客にも臆《おく》さず、楽しげに花を撒いていた。

美しく飾りつけられた絨毯の上を、父に手を引かれながらシャーロットは歩む。

ウィリアムのもとへと歩む一歩一歩を大切に踏みしめれば、彼と過ごした日々が思い出されてきて、胸がいっぱいになった。

ウィリアムのもとへ辿《たど》り着くと、眩しそうに目を細めた彼から第一声が告げられる。

「愛《いと》しいシャーロット、今日のあなたは一段と美しい」

緊張を解《ほぐ》そうとしてくれているのかもしれないけれど、甘く眦《まなじり》を下げられて言われると逆に胸がどきどきしてしまう。

「あ、ありがとうございます……。ウィリアム様も、いつも以上に凛々《りり》しくて……目を奪われてしまいます」

立ち襟や袖口に金色の刺繍が施された黒い軍服が、厳格な様子を醸し出していて、とてもよく似合っていた。

シャーロットが頬を薔薇《ばら》色に染めると、彼は感慨深い声音で呟く。

「どれだけ、この日を待ち侘《わ》びただろう」

ウィリアムの言葉に、シャーロットは小さく微笑んだ。

「三ヶ月しか、経っていませんよ」

「三ヶ月も、だ」

一刻も早く婚姻を結びたいというウィリアムの願いを受けて、一年後に予定されていた結婚式が、三ヶ月まで短縮されたのだから快挙と言ってもいいだろう。

『誰かに奪われる前に、あなたを正式に妻に迎えたい』

誰も王子から婚約者を奪おうなどとは思わない。それでも彼は心配して、今日までシャーロットをあまり部屋から出さなかったほどだ。

(意外と、独占欲が強くていらっしゃるのね)

結婚式を迎えたいまは、ウィリアムの表情がとても満たされて見えた。

「行こう、シャーロット」

「はい、ウィリアム様」

しっかりと頷き、父の腕を離れて、ウィリアムの手をとる。

彼の手に引かれながら、祭壇へと続く道を進んだ。

巨大なステンドグラスから射しこむ光りが、協会内を幻想的に照らす。

左手には聖歌隊、右手には音楽隊。中央には大主教をはじめとした主教たちが、それぞれの地位を示すローブを纏《まと》って、ふたりを待つ。

ウィリアムとシャーロットが祭壇前に辿り着くと、聖書の朗読に続いて、誓いの言葉が唱えられた。

「健やかなるときも、病めるときも、死がふたりを分かつときまで、愛し、慈しむことをここに誓います」

大主教の言葉に、ウィリアムが「誓います」と答えてシャーロットを見る。甘く輝く緑色の瞳がシャーロットを愛しげに見つめた。そしてシャーロットもまた、彼を見つめて誓いの言葉を述べる。

「ウィリアム様に従います」

たった一言なのに、彼の妻となることを誓っただけで、身が引き締まる気がした。王家に代々伝わるという大粒のダイヤモンドが輝く指輪が、シャーロットの薬指にはめられる。

「どうか、いつまでも変わらず、俺の傍《そば》にいてくれ」

彼の想いが籠《こ》められた声音に、シャーロットの胸が淡く痺《しび》れた。

「ウィリアム様が望んでくださる限り、お傍におります」

シャーロットが美しい顔を綻《ほころ》ばせると、ウィリアムも眦を下げた。

「ならば、未来永劫をここに誓おう」

笑顔で告げてくるウィリアムの顔が、ゆっくりと傾く。

愛しさに溢《あふ》れる彼の瞳を見つめてから、シャーロットはそっと瞼《まぶた》を閉じる。

大聖堂の鐘が、ふたりを祝福して高らかに鳴り響いた。

あとがき

初めまして、こんにちは。

有坂樹里《ありさかじゅり》と申します。

このたびは『身売り花嫁～嵐の夜に囚われて～』をお手に取っていただきまして、ありがとうございます。


実はこのTLというジャンルを知ったのは、とても遅いのですが……。

かわいい女の子大好き！　ドレス大好き！　なので、読んだ途端にめちゃめちゃハマりました。

そんな自分が、まさか書かせていただくことになろうとは思ってもいなかったので夢のような気分です。

先にも書きましたが、かわいい女の子とドレスが大好きです。

女の子を、ふわふわキラキラで飾り立てて愛《め》でるというのが、たまりません……！

レースにフリルや刺繍など……ドレスを考えている時間がとても至福でした。

個人的にはマリーアントワネットの時代、というかポンパドール夫人のドレスがかわいくて好きです。

袖口のレースたっぷりのアンガジャントや、胸元はリボンを重ねたようなエシャル。中でもバトードレープといわれる背中のひらひらがすごく好き！

永遠の憧れです（うっとり）。

残念ながらバトードレープのあるドレスは書けませんでしたが、シャーロットにいろいろと無理やり着せてみました。

本当はもっとたくさんのドレスを着せたかったのですが……「これドレスの本じゃないから……」と自分に言い聞かせて止めました。

そうしてドレスにばかり気を向けていたせいか、ウィリアムの方は格好よさを書き切れなかった気がしています。

しかしそこは、緒笠原《おがさわら》くえん様の美麗なイラストで補完していただければと、思っております。

ウィリアムがとても優しげで麗しいです。シャーロットでなくとも好きになってしまいますとも！

そしてシャーロットが本当にかわいくて、初めて表紙を見させてもらったときは鼻血を吹いてぶっ倒れるかと思いましたよ。

今回お仕事をご一緒にさせていただけたことは、すごく光栄でした。

この場を借りて、お礼を申し上げます。

本当にありがとうございました。


そしてこのような機会をくださった担当様にも、感謝しております。

いろいろと模索したわりには空回りした感が否めないし、反省する点も多々あるのですが……。それは次回に活かせたらと思っております。

読んでくださった皆様にも、お礼を申し上げます。

少しでも気に入っていただけるシーンなどがあれば幸いです。
また機会がありましたら、その際はどうぞよろしくお願いします。
最後までお付き合いくださり、ありがとうございました。

本作品は書き下ろしです

有坂樹里先生、緒笠原くえん先生へのお便り、
本作品に関するご意見、ご感想などは
〒101-8405
東京都千代田区三崎町2-18-11
二見書房　ハニー文庫
「身売り花嫁～嵐の貴公子に囚われて～」係まで。

Honey Novel

身売《みう》り花嫁《はなよめ》
～嵐《あらし》の貴公子《きこうし》に囚《とら》われて～

【著者】有坂樹里《ありさかじゅり》

【発行所】株式会社二見書房
東京都千代田区三崎町2-18-11
電話　03(3515)2311［営業］
　　　03(3515)2314［編集］
振替　00170-4-2639
【印刷】株式会社堀内印刷所
【製本】ナショナル製本協同組合

落丁・乱丁本はお取り替えいたします。
定価は、カバーに表示してあります。

ISBN978-4-576-14073-5

http://honey.futami.co.jp/

甘くとろける蜜の恋☆濃蜜乙女レーベル
Honey Novel

森本あきの本

囚われのハーレム
〜王子の甘い呪縛〜

イラスト＝中井アオ

借金のせいで親に売られたシャルロッテは、アラブの富豪・ムスタファーに買い取られた。彼の世話をするうちに無理やり体を奪われて…

甘くとろける蜜の恋☆濃蜜乙女レーベル
Honey Novel
Novel 舞 姫美
Illustration 鳩屋ユカリ
蜜愛王子と純真令嬢
Mitsuai ouji & Jyunshin reijyo